〔唐〕孟浩然 撰

孟浩然詩集

廣陵書社

中國·揚州

圖書在版編目（CIP）數據

孟浩然詩集 /（唐）孟浩然撰. -- 揚州 : 廣陵書社, 2019.1（2020.8重印）
（經典國學讀本）
ISBN 978-7-5554-1164-2

Ⅰ. ①孟… Ⅱ. ①孟… Ⅲ. ①唐詩－詩集 Ⅳ. ①I222.742

中國版本圖書館CIP數據核字（2018）第288218號

書　　名　孟浩然詩集
著　　者　〔唐〕孟浩然 撰
責任編輯　戴敏敏
出 版 人　曾學文
裝幀設計　鴻儒文軒

出版發行　廣陵書社
揚州市維揚路349號　郵編：225009
(0514) 85228081（總編辦）　85228088（發行部）
http://www.yzglpub.com　E-mail:yzglss@163.com
印　　刷　三河市華東印刷有限公司

開　　本　880毫米×1230毫米　1/32
印　　張　7.125
字　　數　80千字
版　　次　2019年1月第1版
印　　次　2020年8月第2次印刷
書　　號　ISBN 978-7-5554-1164-2
定　　價　38.00圓

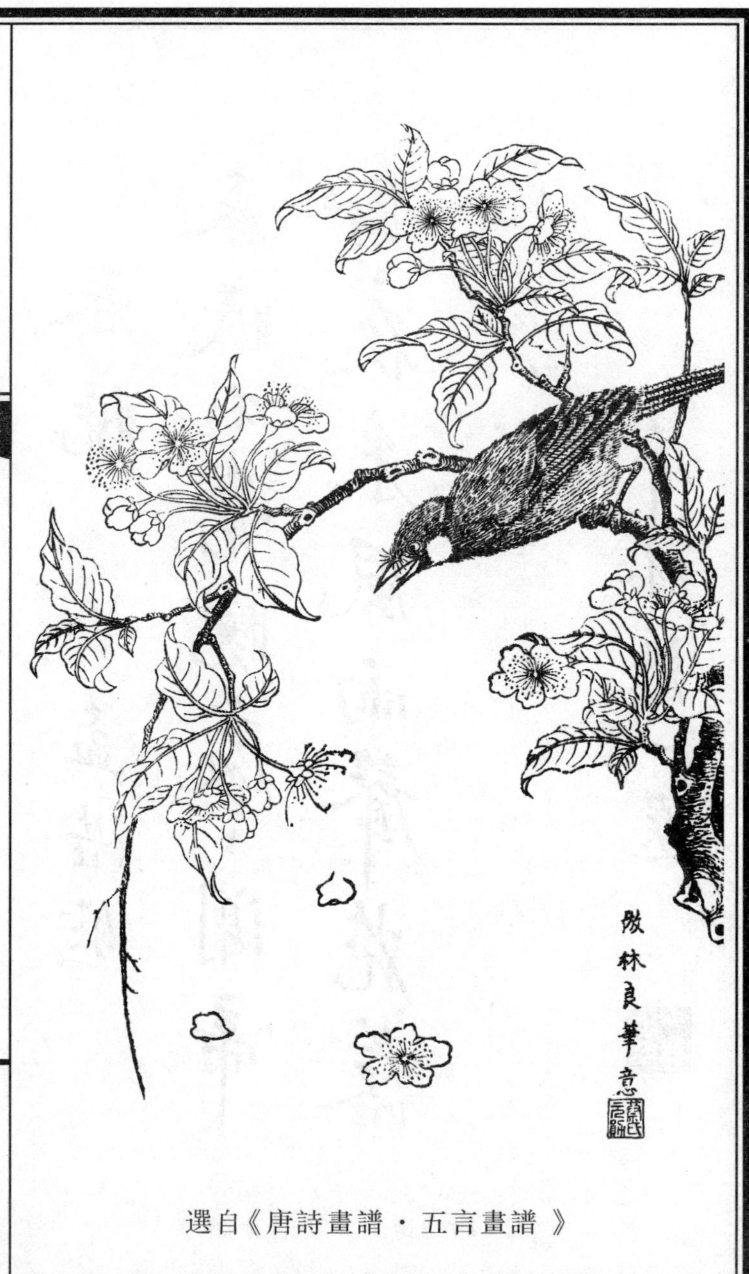

選自《唐詩畫譜・五言畫譜》

春曉　孟浩然

春眠不覺曉
處處聞啼鳥
夜來風雨聲
花落知多少

庚林張一選

選自《唐詩畫譜 · 五言畫譜》

編輯説明

自上世紀九十年代始，我社陸續編輯出版一套綫裝本中華傳統文化普及讀物，名爲《文華叢書》。編者孜孜矻矻，兀兀窮年，歷經二十載，聚爲上百種，集腋成裘，蔚爲可觀。叢書以内容經典、形式古雅、編校精審，深受讀者歡迎，不少品種已不斷重印，常銷常新。

國學經典，百讀不厭，其中藴含的生活情趣、生命哲理、人生智慧，以及家國情懷、歷史經驗、宇宙真諦，令人回味無窮，啓迪至深。爲了方便讀者閲讀國學原典，更廣泛地普及傳統文化，特于《文華叢書》基礎上，重加編輯，推出《經典國學讀本》叢書。

本叢書甄選國學之基本典籍，萃精華于一編。以内容言，所選均爲家喻户曉的經典名著，涵蓋經史子集，包羅詩詞文賦、小品蒙書，琳琅滿目；以篇幅言，每種規模不大，或數種彙于一書，便于誦讀；以形式言，採用傳統版式，字大文簡，讀來令人賞心悦目；以編輯言，力求精擇良善版本，細加校勘，注重精讀原文，偶作簡明小注，或酌配古典版畫，體現編輯的匠心。

當下國學典籍的出版方興未艾，品質參差不齊。希望這套我社經年打造的品牌叢書，能爲讀者朋友閱讀經典提供真正的精善讀本。

廣陵書社編輯部

二〇一七年十二月

出版説明

孟浩然，唐襄州襄陽（今湖北襄樊一帶）人，生於武則天永昌元年（六八九），卒於唐玄宗開元二十八年（七四〇），終年五十二歲。

孟浩然的一生，經歷比較簡單。主要生活在開元盛世轉衰時期，盛年之後的生活，交織著積極用世和恬淡隱逸的矛盾。三十六七歲以前，主要在家鄉過著閉門讀書的隱居生活，長期居住在襄陽南郭莊園南園。『敝廬在郭外，素業唯田園。左右林業曠，不聞城市喧。』青壯年時期的閉門讀書，其主要目的，是想通過科舉考試走上仕進之路。從其交往可見：他常與一些禪師、上人、山人、逸人等談玄説道，詩酒遨遊，隱居的理想並未失落。人在江湖、心懷魏闕，卻因無人引薦、時運不濟，大概在開元十

二、三年間，離鄉去洛，通過遊歷廣交朋友，博取聲譽，從而求得政治上的出路。洛陽爲當時比肩長安的政治經濟中心，這樣的遊歷也是當時大多數文人在登上政治舞臺前常走的路。洛陽停留一年未果，旋即返回襄陽。次年，南下湖湘。十五年去揚州，停留七八個月。開元十六年，入京師應試，不第，在懷疑和波動中度過這一年。這一時期詩中雖然一再表達曠達，但在内心深處還是不平靜的。之後的四年，入越遊覽，想要從山水之娱中得到心靈上的慰藉，終究無法擺脱現實的苦悶心境。自越返回故鄉的第二年，又開始入蜀之行，心情獲得了平静。正是在出仕和歸隱反反復復地交織中，開元二十五年，恰逢其好友張九齡被貶官荆州，孟浩然被邀入幕，歡快而自豪的情緒常自當時詩作中流露出來。後一年，因養疾又返回故里閑居。直到開元二十八年，猝然長逝。

孟浩然與同時期的王維（七〇一—七六一，一說六九九—七六一）并稱『王孟』，爲盛唐山水田園詩派代表人物。孟詩辭彙中大量引用了謝靈運、陶淵明的詩作。在描寫田園生活和語言風格、表現技巧方面，難以脱離陶淵明的影響。其山水田園之詩，較之陶淵明，因缺少真實的田園勞作生活和長期的隱居山林經歷，常常是在對現實追求的疲憊期選擇暫時隱遁，因此少了那份『有我』的真摯自然和深刻體悟，以及由此發衍的對於人生天地間更廣闊的思考，内容相對逼仄，始終是一個矛盾的知識份子内心寫照。即使表達想要建立豐功偉業的理想，也常常朦朧出之。較之謝靈運，又少了其『富豔』『精工』，而多了自然簡淨的清幽之美，少了纖敏，而多了渾融，這從他最擅長的五絶、五古中可見一斑。蘇軾評『孟浩然之詩，韻高而才短，如造内法酒手而無材料爾』。其詩之味，在妙悟，澹至『色相俱空，正如羚羊掛角，無跡可求』，清空雅澹、風致超然，清代注重妙悟的『神韻』一派給其以較高評價。這大概與其思想中的禪學是相關的，在現實的生活中，更多的是平靜恬淡，少見奔放浩瀚的氣勢。與其人生經歷上的平淡相似，孟浩然與王維詩歌相似之處，多在寂靜意境的營造上，卻少了王維工麗、穩重的士大夫氣。然而，這對後來歷代和孟浩然一樣有著類似處境的士人子弟，何嘗不是更親近的慰藉呢？

孟浩然詩最早刻本見於唐天寶年間，由王士源搜集整理，此本今已亡佚。宋代刻本較多，今能見者僅有宋蜀刻本。宋蜀刻本分上中下三卷，收詩二百一十首，分爲遊歷、旅行、送別、宴樂、懷思、田園等七類，體例、次序、內容上最近唐本。明代版本較多，刊本之外又有銅活字本和汲古閣本。今所見《四部叢刊》《四部備要》本皆以明刊本爲底本，因此也是最通行的版本。明銅活字本增加了近五十首，汲古閣本連《拾遺》在內，又有所增加，收錄宋、元、明三代的校勘記，尤有價值。

我社擇通行的明刊本爲底本，參考他本校刊成果，加以簡單的注釋，以便讀者理解欣賞。選擇歷代彙評，以精當典雅爲準。此外，散見於史書、類書中孟浩然詩作、散句，近人有輯佚之功在前，予以保留。唐人王士源序、孟浩然傳、諸傳本提要也一併作爲附錄。全書收詩計二百六十餘首，附《唐詩畫譜》書影一篇。事工細微，尚未盡善盡美，祈望閱者不吝指正。

广陵书社编辑部

二〇一八年十一月

目録

七言古詩……五〇

五言排律……五五

七言絕句……一八二

輯補……一八七

附録……一九一

孟浩然詩集序

孟浩然字浩然，襄陽人也。骨貌淑清，風神散朗。救患釋紛，以立義表；灌蔬藝竹，以全高尚。交游之中，通脱傾蓋，機警無匿。學不爲儒，務掇菁藻。文不按古，匠心獨妙。五言詩天下稱其盡美矣。閒遊秘省，秋月新霽，諸英華賦詩作會，浩然句曰：『微雲淡河漢，疎雨滴梧桐。』舉坐嗟其清絶，咸閣筆不復爲繼。丞相範陽張九齡、侍御史京兆王維、尚書侍郎河東裴朏、範陽盧僎、大理評事河東裴總、華陰太守鄭倩之、守河南獨孤策，率與浩然爲忘形之交。

山南採訪使本郡守昌黎韓朝宗，謂浩然間代清律，寘諸周行，必詠穆如之頌。因入秦，與偕行，先揚于朝。與期，約日引謁。及期，浩然會寮友，文酒講好甚適。或曰：『子與韓公預約而怠之，無乃不可乎？』浩然叱曰：『僕已飲矣，身行樂耳，遑恤其他！』遂畢席不赴，由是間罷。既而浩然亦不之悔也。其好樂忘名如此。士源他時嘗筆讃之曰：『導漾挺靈，寔生楚英。浩然清發，亦其自名。』

開元二十八年，王昌齡遊襄陽，時浩然疾疹發背且愈，相得歡甚，浪情宴謔，食鮮疾動，終於治城南園，年五十有二。子曰儀甫。

浩然文不爲仕，佇興而作，故或遲；行不爲飾，動以求真，故似誕；遊不爲利，期以放性，故常貧。名不繼於選部，聚不盈於擔石，雖屢空不給而自若也。

士源幼好名山，行年十八，首事陵山，踐止恒嶽，咨術通玄上人。又過蘇門，問道隱者元知運。太行採藥，經王屋小有洞，行太白習隱訣，終南修《亢倉子》九篇。天寶四載徂夏，詔書徵謁京邑，與家臣八座討論，山林之士麕至，始知浩然物故。嗟哉！未禄於代，史不必書，安可哲蹤妙韻，從此而絶！故詳問文者，隨述所論，美行嘉聞，十不紀一。

浩然凡所屬綴，就輒毁棄，無復編錄，常自歎爲文不逮意也。流落既多，篇章散逸，鄉里購採，不有其半，敷求四方，往往而獲。既無他士爲之傳次，遂使海内衣冠搢紳，經襄陽思覩其文，蓋有不備見而去，惜哉！

今集其詩二百一十八首，分爲四卷，詩或缺逸未成，而製思清美，及他人酬贈，咸錄次而不棄耳。王士源序。

五言古詩

尋香山湛上人

朝遊訪名山，山遠在空翠。氛氲亘百里，日入行始至。谷口聞鐘聲，林端識香氣。杖策尋故人，解鞍暫停騎。石門殊壑險，篁徑轉森邃。法侶欣相逢，清談曉不寐。平生慕真隱，累日探靈異。野老早入田，山僧暮歸寺。松泉多清響，苔壁饒古意。願言投此山，身世兩相棄。

雲門寺西六七里聞符公蘭若①最幽與薛八同往

謂余獨迷方，逢子亦在野。結交指松柏，問法尋蘭若。小溪劣容舟，怪石屢驚馬。所居最幽絕，所住皆靜者。密篠夾路傍，清泉流舍下。上人亦何閑，塵念俱已捨。四禪②合真如③，一切是虛假。願承甘露潤，喜得惠風灑。依止此山門，誰能效丘也。

簡注：

①蘭若：梵語，僧人居住的地方叫阿蘭若，簡稱蘭若。

②四禪：佛家參禪入定的四重境界。

③真如：佛教術語，真謂真實，如謂如常。

宿天台桐柏觀

海行信風帆，夕宿逗雲島。緬尋滄洲趣，近愛赤城好。捫蘿亦踐苔，輟棹恣探討。息陰憩桐柏，採秀尋芝草。鶴唳清露垂，雞鳴信潮早。願言解纓絡，從此去煩惱。高步陵四明，玄蹤得二老①。紛吾遠遊意，學此長生道。日夕望三山②，雲濤空浩浩。

簡注：

①二老：老子和老萊子，均爲春秋時期道家人物。

②三山：傳説中的海上三神山，曰方壺、蓬壺、瀛壺，即方丈、蓬萊、瀛洲。

宿終南翠微寺

翠微終南裹，雨後宜返照。閉關久沉冥，杖策一登眺。遂造幽人室，始知静者妙。儒道雖異門，雲林頗同調。兩心喜相得，畢景共談笑。暝還高窗眠，時見遠山燒。緬懷赤城標，更憶臨海嶠。風泉有清音，何必蘇門嘯。

選評：

《王孟詩評》：劉云：不必刻深，懷抱如洗。『閉關』四句，高懷静致，非實際人不可得。

春初漢中漾舟

羊公峴山下，神女漢皋曲。雪罷冰復開，春潭千丈緑。輕舟恣來往，探玩無厭足。波影摇妓釵，沙光逐人目。傾杯魚鳥醉，聯句鶯花續。良會難再逢，日入須秉燭。

宿業師山房期丁大不至

夕陽度西嶺，群壑倏已暝。松月生夜涼，風泉滿清聽。樵人歸欲盡，煙鳥棲初定。之子期未來，孤琴候蘿逕①。

簡注：

①逕：同「徑」，小道。

選評：

《唐詩別裁》：山水清音，悠然自遠。末二句見「不至」意。

《唐賢清雅集》：清秀徹骨，是襄陽獨得處。

耶溪①泛舟

落景餘清暉，輕橈弄溪渚。泓澄愛水物，臨泛何容與。白首垂釣翁，新妝浣沙女。相看未相識，脉脉不得語。

簡注：

①耶溪：即若耶溪。在浙江紹興。相傳西施於此浣紗。

選評：

《王孟詩評》：清溪麗景，閑遠餘情，不欲犯一字綺語自足。

《唐賢三昧集箋注》：神似樂府。

彭蠡湖中望廬山

太虛①生月暈，舟中知天風。掛席候明發，渺漫平湖中。中流見匡阜，勢壓九江雄。黯黮②凝黛色，崢嶸當曙空。香爐初上日，瀑水噴成虹。久欲追尚子，況茲懷遠公。我來限於役，未暇息微躬。淮海途將半，星霜歲欲窮。寄言巖棲者，畢趣當來同。

簡注：

①太虛：古人稱天为太虛。

②黯黮：同『黯淡』。

選評：

《唐宋詩舉要》：興象華妙。

登鹿門山懷古

清曉因興來，乘流越江峴。沙禽近方識，浦樹遥莫辨。漸到鹿門山，山明翠微淺。岩潭多屈曲，舟楫屢回轉。昔聞龐德公①，採藥遂不返。金澗養芝朮，石床卧苔蘚。紛吾感耆舊②，結纜事攀踐。隱跡今尚存，高風邈已遠。白雲何時去，丹桂空偃蹇。探討意未窮，回艫夕陽晚。

簡注：

①龐德公：东汉末年隐士，曾隐居鹿门山。

②耆舊：年高望重之人，此指龐德公。

選評：

《唐詩品彙》：僧皎然云：静也（『丹桂』句下）。

題明禪師西山蘭若

西山多奇狀，秀出傍前楹。一云西山饒石林，磋翠疑削成。停午收彩翠，夕陽照分明。吾師住其下，禪坐説無生。結廬就嵌窟①，翦竹通徑行。談空對樵叟，授法與山精。日暮方辭去，田園歸冶城。

簡注：

①嵌窟：凹進之洞穴，深洞。

聽鄭五愔彈琴

阮籍推名飲，清風坐竹林。半酣下衫袖，拂拭龍唇琴①。一杯彈一曲，不覺夕陽沉。余意在山水，聞之諧夙心。

簡注：

①龍唇琴：龍唇爲琴身一個部位，古人常以之代指琴。

選評：

《唐詩歸》：鍾云：唐人琴詩每深妙，此詩妙處似又不在深，難言難言！

《歷代詩發》：祇説聽琴，而讚歎彈琴祇于結意略見，便省無限氣力。

疾愈過龍泉寺精舍呈易業二上人

停午聞山鐘，起行散愁疾。尋林採芝去，轉谷松蘿密。傍見精舍開，長廊飯僧畢。石渠流雪水，金子耀霜橘。竹房思舊遊，過憩終永日。入洞窺石髓①，傍崖採蜂蜜。日暮辭遠公，虎溪相送出。

簡注：

①石髓：即鐘乳石。

湘中旅泊寄閻九司户防

桂水通百越，扁舟期曉發。荆雲蔽三巴①，夕望不見家。襄王夢行雨，才子謫長沙。長沙饒瘴癘，胡爲苦留滯？久別思款顔，承歡懷接袂。接袂杳無由，徒增旅泊愁。清猿不可聽，沿月下湘流。

簡注：

①三巴：指巴郡、巴東、巴西三地。

選評：

《唐賢清雅集》：宛轉如轆轤，妙無痕跡。末四句回合宕往，多少法力！雋味在筆墨之外，雋令讀者心神怳怳，其成連海上琴手！

大堤行寄萬七

大堤行樂處，車馬相馳突。歲歲春草生，踏青二三月。王孫挾珠彈，遊女矜羅襪。攜手今莫同，江花爲誰發。

還山贈湛禪師

幼聞無生理，常欲觀此身。心跡罕兼遂，崎嶇多在塵。晚途歸舊壑，偶與支公①鄰。喜得林下契，共推席上珍。念兹泛苦海，方便示迷津。導以微妙法，結爲清淨因。煩惱業頓捨，山林情轉殷。朝來問疑義，夕話得清真。墨妙稱古絶，詞華驚世人。禪房閉虚靜，花藥連冬春。平石藉琴硯，落泉灑衣巾。欲知明滅意，朝夕海鷗馴②。

簡注：

①支公：晋代高僧支遁，善清談，有高德，後人常以支公代指高僧。

②海鷗馴：典出《列子·黄帝》。此謂擺脱俗念。

秋登萬山寄張五

北山白雲裏，隱者自怡悅。相望試登高，心隨雁飛滅。愁因薄暮起，興是清秋發。時見歸村人，平沙渡頭歇。天邊樹若薺，江畔洲如月。何當載酒來，共醉重陽節。

選評：

《唐賢清雅集》：超曠中獨饒勁健，神味與右丞稍異，高妙則一也。結出主意，通首方着實。

登江中孤嶼贈白雲先生王迥

悠悠清江水，水落沙嶼出。回潭石下深，緑篠①岸傍密。鮫人潛不見，漁父歌自逸。憶與君别時，泛舟如昨日。夕陽開晚照，中坐興非一。南望鹿門山，歸來恨相失②。

簡注：

①緑篠：篠音小。翠緑的叢生小竹子。

②相失：不能見到友人，心中若有所失。

選評：

《唐詩歸》：鍾云：見山水思故人，自是人情，然亦非俗情，又泛泛不得。

晚春卧疾寄張八子容

南陌春將晚，北窗猶卧病。林園久不遊，草木一何盛。狹徑花將盡，閑庭竹掃淨。翠羽戲蘭苕，頳鱗①動荷柄。念我平生好，江鄉遠從政。雲山阻夢思，衾枕勞感詠。感詠復何爲，同心悵別離。世途皆自媚，流俗寡相知。賈誼才空逸，安仁鬢欲絲。遥情每東注，奔晷復西馳。常恐填溝壑，無由振羽儀。窮通若有命，欲向論中推。

簡注：

①赬鱗：赬音撑，紅色。鯉魚紅色，故常以赬代指鯉魚。

書懷貽京邑故人

惟先自鄒魯，家世重儒風。詩禮襲遺訓，趨庭①紹末躬。晝夜常自强，詞賦頗亦工。三十既成立，嗟吁命不通。慈親向羸老，喜懼在深衷。甘脆②朝不足，簞瓢夕屢空。執鞭慕夫子，捧檄③懷毛公④。感激遂彈冠，安能守固窮。當塗訴知己，投刺匪求蒙。秦楚邈離異，翻飛何日同。

簡注：

①趨庭：《論語》有『鯉趨而過庭』之語，指代禮節。

②甘脆：味美之食物。

③捧檄：拿著徵召的文書。與『執鞭』合義相對，都代指仕進。

④毛公：《後漢書》載有毛義者，爲母求仕。

遊雲門寺寄越府包户曹徐起居

我行適諸越，夢寐懷所歡。久負獨往願，今來恣遊盤。台嶺踐磴石，耶溪泝林湍。捨舟入香界，登閣憩旃檀。晴山秦望近，春水鏡湖寬。遠行佇應接，卑位徒勞安。白雲日夕滯，滄海去來觀。故國眇天末，良朋在朝端。遲爾同攜手，何時方掛冠。

示孟郊

蔓草蔽極野，蘭芝結孤根。衆音何其繁，伯牙獨不喧。當時高深意，舉世無能分。锺期一見知①，山水千秋聞。爾其保靜節，薄俗徒云云。

簡注：

①锺期一見知：全詩借俞伯牙、鍾子期斷琴知音的典故，以喻相交之深。

山中逢道士雲公

春餘草木繁，耕種滿田園。酌酒聊自勸，農夫安與言。忽聞荆山子，時出桃花源。採樵過北谷，賣藥來西村。村煙日云夕，榛路①有歸客。杖策前相逢，依然是疇昔。邂逅歡覯止，殷勤敘離隔。謂余搏扶桑②，輕舉振六翮。奈何偶昌運，獨見遺草澤。既笑接輿狂③，仍憐孔丘厄。物情趨勢利，吾道貴閑寂。偃息西山下，門庭罕人跡。何時還清溪，從爾煉丹液。

簡注：

①榛路：灌木叢生的小路。

②搏扶桑：朝著日棲之處奮飛。扶桑，傳説中日出日落的地方。以鳥自寓。

③接輿狂：《高士傳》：『陸通，字接輿，楚人也。楚昭王時，通見楚政無常，乃佯狂不仕，故時人謂之楚狂。』

歲暮海上作

仲尼既已没，余亦浮於海。昏見斗柄回，方知歲星①改。虛舟任所適，垂釣非有待。爲問乘槎人，滄洲復何在。

簡注：

①歲星：木星。運行一周爲一紀，即十二年。

選評：

《唐賢三昧集箋注》：一筆揮成，氣格邁往。余年友張南山不喜王、孟家數，大約嫌其孤淡，千篇一律，其實王、孟非無氣概，抑且無體不有也。

越中逢天台太一子①

仙穴逢羽人，停艫向前拜。問余涉風水，何事遠行邁。登陸尋天台，順流下吴會。兹山夙所尚，安得聞靈怪。上逼青天高，俯臨滄海大。雞鳴見日出，每與仙人會。來去赤城中，逍遥白雲外。莓苔異人間，瀑布作空界。福庭②長不死，華頂③舊稱最。永願從此遊，何當濟所届。

簡注：

①太一子：傳說中的楚國神仙，即太一，東皇太一。

②福庭：神仙或有道之人所居之處。

③華頂：即天台山最高處。

自潯陽泛舟經明海

大江分九派，淼漫成水鄉。舟子乘利涉，往來逗潯陽。因之泛五湖，流浪經三湘。觀濤壯枚發①，吊屈痛沉湘。魏闕心常在，金門②詔不忘。遥憐上林雁，冰泮已回翔。

簡注：

①枚發：指漢代枚乘所作《七發》，其中寫廣陵觀濤之壯觀。

②金門：漢代有金馬門。與魏闕合義，代指仕進之機。

早發漁浦潭

東旭早光茫，渚禽已驚聒。臥聞漁浦口，橈聲暗相撥。日出氣象分，始知江路闊。美人常晏起，照影弄流沫。飲水畏驚猿，祭魚時見獺①。舟行自無悶，況值晴景豁。

簡注：

①獺：俗稱水獺，狀如小狗，喜捕魚陳列于岸邊，即『祭魚』。

選評：

《養一齋詩話》：精力渾健，俯視一切，正不可徒以清言目之。則謂襄陽詩都屬悟到，不關學力，亦微訣耳。

經七里灘

余奉垂堂誡，千金非所輕。爲多山水樂，頻作泛舟行。五岳追尚子①，三湘吊屈平。湖經洞庭闊，江入新安清。復聞嚴陵瀨，乃在此川路。疊嶂數百里，沿洄非一趣。彩翠相氛氳，別流亂奔注。釣磯平可坐，苔磴滑難步。猿飲石下潭，鳥還日邊樹。觀奇恨來晚，倚棹惜將暮。揮手弄潺湲，從兹洗塵慮。

簡注：

①尚子：《後漢書·逸民傳》記載，高士尚長字子平，性中和，好《老》《易》，與同好遍游五嶽名山，不知所終。

南陽北阻雪

我行滯宛許①，日夕望京豫②。曠野莽茫茫，鄉山在何處。孤煙村際起，歸雁天邊去。積雪覆平皋，飢鷹捉寒兔。少年弄文墨，屬意在章句。十上③恥還家，徘徊守歸路。

簡注：

①宛許：宛，宛州，即南陽。許，許州，在南陽北。

②京豫：東漢光武時以南陽爲南都，地屬豫州，故名。

③十上：多次上書。十，極言多。

選評：

《王孟詩評》：象此時景，曲折凄楚。

將適天台留別臨安李主簿

枳棘君尚棲，匏瓜吾豈繫①？念離當夏首，漂泊指炎裔②。江海非惰遊，田園失歸計。定山既早發，漁浦亦宵濟。泛泛隨波瀾，行行任艫枻。故林日已遠，郡木坐成翳。羽人在丹丘，吾亦從此逝。

簡注：

①枳棘多刺，比喻處境艱難；匏瓜，典出《論語·陽貨》『吾豈匏瓜也哉，焉能繫而不食？』以匏瓜自寓求仕心切。

②炎裔：泛指南方邊遠地區，因南方炎帝爲農業奠基人，生存繁衍自其始盛。

適越留別譙縣張主簿申屠少府

朝乘汴河流，夕次譙縣界。幸因西風吹，得與故人會。君學梅福隱，余隨伯鸞邁①。別後能相思，浮雲在吴會。

簡注：

①梅福，漢代隱士；伯鸞即後漢梁鴻，有『舉案齊眉』的故事，與其妻同隱霸陵山中，以耕織爲業。

送從弟邕下第後尋會稽

疾風吹征帆，倏爾向空没。千里去俄頃，三江坐超忽。向來共歡娱，日夕成楚越。落羽更分飛，誰能不驚骨。

選評：

《唐詩選脉會通評林》：周珽曰：讀孟詩，逸調如聞蘇門清嘯，苦調似聽燕市悲筑。如此詩以哀感勝者，蓋浩然累試不第，窮困道途。若《南歸阻雪》《苦雨思歸》《寄京邑耆舊》等篇，俱慨嘆悲調，讀之所謂『酸風苦雨一時來，正使英雄泪成碧』。

送辛大不及

送君不相見，日暮獨愁緒。江上久徘徊，天邊迷處所。郡邑經樊鄧，雲山入嵩汝。蒲輪去漸遥，石徑徒延佇。

江上別流人

以我越鄉客，逢君謫居者。分飛黄鶴樓，流客蒼梧野。驛使乘雲去，征帆沿溜下。不知從此分，還袂何時把。

洗然弟竹亭

吾與二三子，平生結交深。俱懷鴻鵠志，共有鶺鴒心①。逸氣假毫翰，
清風在竹林。遠是酒中趣，琴上偶然音。

簡注：

①鶺鴒心：鶺鴒，亦作『脊令』，一種水鳥，飛則鳴，求其類。比喻兄弟。

夜登孔伯昭南樓時沈太清朱昇在座

誰家無風月，此地有琴樽。山水會稽郡，詩書孔氏門。再來值秋杪，
高閣夜無喧。華燭罷燃蠟，清弦方奏鷗①。沈生隱侯胤，朱子買臣孫②。

好我意不淺，登兹共話言。

簡注：

①鵾：琴曲名，即《鵾雞》。

②隱侯，齊梁沈約謚隱，言沈生爲沈約之後；西漢朱買臣常自負薪讀書，朱子買臣孫，言朱昇爲其後人。

宴包二融宅

閑居枕清洛，左右接大野。門庭無雜賓，車轍多長者。是時方正夏，風物自蕭灑。五月休沐歸，相攜竹林下。開襟成歡趣，對酒不能罷。煙暝棲鳥迷，余將歸白社。①

簡注：

①白社：洛陽建春門外有白社。後世多借指隱士居所。

峴潭作

石潭傍隈隩①，沙岸曉夤緣②。試垂竹竿釣，果得查頭鯿。美人騁金錯，纖手鱠紅鮮。因謝陸内史，蓴羹何足傳。

簡注：

①隈隩：音危域，謂山坳水岸深曲之處。

②夤緣：攀附、纏繞。

選評：

《唐賢三昧集箋注》：六朝人語。

《此木軒論詩彙編》：別無深意，而有深味。

齒坐呈山南諸隱

習公①有遺座，高在白雲陲。樵子見不識，山僧賞自知。以余爲好事，攜手一來窺。竹露閑夜滴，松風清晝吹。從來抱微尚，況復感前規。於此無奇策，蒼生奚以爲？

簡注：

①習公：東漢習郁，曾隱居峴山下。

與王昌齡宴王十一

歸來卧青山，常夢遊清都。漆園有傲吏①，惠我在招呼。書幌神仙籙，畫屏山海圖。酌霞復對此，宛似入蓬壺。

簡注：

①漆園傲吏，指莊周。此處借指王道士。

襄陽公宅飲

窈窕夕陽佳，豐茸春色好。欲覓淹留處，無過狹斜道。綺席卷龍鬚，香杯浮馬腦。北林積修樹，南池生別島。手撥金翠花，心迷玉紅草。談天光六義①，發論明三倒②。座非陳子驚，門還魏公掃③。榮辱應無間，歡娛當共保。

簡注：

①六義：《詩經》風、雅、頌、賦、比、興的合稱。

②三倒：《世說新語·賞譽》：『王平子邁世有儁才，少所推服，每聞衛玠言，輒

歎息絶倒。』用此典代指襄陽公言詞令人賞慕。

③陳子，西漢陳遵，《漢書·陳遵傳》記載其人放曠無拘束；魏公，西漢魏勃，《史記·齊悼惠王世家》記載其少時爲求見齊相曹參，而伺門掃灑。

同張明府清鏡歎

妾有盤龍鏡①，清光常晝發。自從生塵埃，有若霧中月。愁來試取照，坐歎生白髮。寄語邊塞人，如何久離別。

簡注：

①盤龍鏡：銅鏡雕鏤有盤龍花紋。齊梁庾信《鏡賦》云『鏤五色之盤龍，刻千年之古字』。

夏日南亭懷辛大

山光忽西落，池月漸東上。散髮乘夜涼，開軒卧閑敞。荷風送香氣，竹露滴清響。欲取鳴琴彈，恨無知音賞。感此懷故人，中宵勞夢想。

選評：

《王孟詩評》：劉云：起處似陶，清景幽情，灑灑楮墨間。

《批選唐詩》：寫景自然，不損天真。

《唐賢清雅集》：清曠，與右丞《送宇文太守》同調，氣色較華美。

秋宵月下有懷

秋空明月懸，光彩露沾濕。驚鵲棲不定，飛螢卷簾入。庭槐寒影疏，鄰杵夜聲急。佳期曠何許，望望空佇立。

選評：

《王孟詩評》：劉云：亦自纖麗，與『疏雨滴梧桐』相似。謂其詩枯淡，非也。

《批點唐音》：秋夜之語，更不能勝。

仲夏歸南園寄京邑舊遊

嘗讀《高士傳》，最嘉陶徵君①。日耽田園趣，自謂羲皇人②。余復何爲者，棲棲徒問津。中年廢丘壑，上國旅風塵。忠欲事明主，孝思侍老親。歸來冒炎暑，耕稼不及春。扇枕北窗下，採芝南澗濱。因聲謝朝列，吾慕潁陽真。

簡注：

①嘉，稱美、推重。陶徵君，陶淵明。

②陶淵明《與子儼等疏》云：『嘗言五六月中，北窗下卧，遇涼風暫至，自謂是羲皇上人。』借此自喻閑適、心無俗念。

選評：

《王孟詩評》：其懷淡然自足，故出語不求工，愈淺愈佳。以字句爭奇者，彼安知詩爲何物？

家園卧疾畢太祝曜見尋

伏枕舊遊曠，笙歌勞夢思。平生重交結，迨此令人疑。冰室無暖氣，炎雲空赫曦。隙駒不暫駐，日聽涼蟬悲。壯圖哀未立，班白恨吾衰。夫子自南楚，緬懷嵩汝期。顧予衡茅下，兼致稟物資。脱分趨庭禮，殷勤伐木詩①。脱君車前鞅，設我園中葵。斗酒須寒興，明朝難重持。

簡注：

①趨庭禮，典出《論語》；伐木，《詩經》有《小雅·伐木》，寫宴請親朋故舊的場景。

田家元日

昨夜斗回北，今朝歲起東①。我年已强仕，無禄尚憂農。野老就耕去，荷鋤隨牧童。田家占氣候，共説此年豐。

簡注：

①兩句合指物换星移、時至正月。

晚泊潯陽望香爐峰

掛席①幾千里，名山都未逢。泊舟潯陽郭，始見香爐峰。嘗讀遠公傳，永懷塵外蹤。東林精舍近，日暮空聞鐘。

簡注：

①掛席：揚帆。

選評：

《吕氏童蒙訓》：浩然詩：『掛席幾千里，名山都未逢。泊舟潯陽郭，始見香爐峰。』但詳看此等語，自然高遠。如『松月生夜涼，石泉滿清聽』，亦可以爲高遠者也。

《唐詩廣選》：謝曰：詩有韻有格，格高似梅花，韻高似海棠。欲韻勝者易，欲格高者難，二者孟浩然兼之。

《唐詩援》：只如説話，而當代詞人爲之斂手，良由風神超絶，非復凡塵所有。王曰：前半偶然會心，後半淡然適足，遂成絶唱。

《峴傭説詩》：五律有清空一氣，不可以煉句煉字求者，最爲高格。如襄陽『掛席幾千里』，所謂『羚羊掛角，無跡可求』。

萬山潭

垂釣坐磐石，水清心益閑。魚行潭樹下，猿掛島藤間。遊女昔解佩，傳聞於此山。求之不可得，沿月棹歌還。

選評：

《王孟詩評》：蜕出風露，古始未有。又曰：古意淡韻，終不可以衆作律之，而衆作愈不可及。

《唐詩選脉會通評林》：吴山民云：幽深静至之語，讀之使喧擾人自失。

《歷代詩發》：襄陽山水間詩，境象興趣，不必追摹謝客，而超詣處往往神契。至于靈襟蕭曠，灑然孤行，方諸俳駢，尤爲挺出矣。

《唐宋詩舉要》：吴曰：後半超妙無匹，筆墨之迹俱化煙雲，浩渺無際。

入峽寄弟

吾昔與汝輩，讀書常閉門。未嘗冒湍險，豈顧垂堂言①。自此歷江湖，辛勤難具論。往來行旅弊，開鑿禹功存。壁立千峰峻，潨流萬壑奔。我來凡幾宿，無夕不聞猿。浦上摇歸戀，舟中失夢魂。淚沾明月峽，心斷鶺鴒原。離闊星難聚，秋深露易繁。因君下南楚，書此寄鄉園。

簡注：

①古諺云『千金之子，坐不垂堂』，極言聽人勸誡、敬慎自愛。

選評：

《王孟詩選》：起處淒婉。『壁立』四句，巴峽峭幽之狀殆盡，然不可下點，又却自佳。

宿楊子津寄潤州長山劉隱士

所思在夢寐，欲往大江深。日夕望京口，煙波愁我心。心馳茅山洞①，目極楓樹林。不見少微隱②，星霜勞夜吟。

簡注：

①茅山洞，道教福地，在今江蘇句容。

②少微隱，一作『少微星』，即處士星，在太微星西，居士大夫位。以此星寄寓求

仕進之心。

選評：

《唐賢三昧集箋注》：有六朝人之口吻。

送丁大鳳進士赴舉呈張九齡

吾觀《鷦鷯賦》①，君負王佐才。惜無金張援②，十上空歸來。棄置鄉園老，翻飛羽翼摧。故人今在位，岐路莫遲迴。

簡注：

①《鷦鷯賦》：晋張華所作，其序中提到有鳥名鷦鷯，色淺體陋，不爲人用，以喻人處卑微，不得志。

②金張援：《漢書》有金日磾、張湯傳，分別爲内侍、外戚。此句言詩人自己没有

權貴的幫助。

送吴悦遊韶陽

五色憐鳳雛，南飛適鷓鴣。楚人不相識，何處求椅梧①。去去日千里，茫茫天一隅。安能與斥鷃，決起但槍榆②。

簡注：

①椅梧：椅樹和梧桐。可製琴瑟，古人視爲珍貴之木。

②此句典出《莊子·逍遥遊》，斥鷃不能高飛，僅數仞而下，無鴻鵠之大志。

送陳七赴西軍

吾觀非常者，碌碌在目前。君負鴻鵠志，蹉跎書劍年。一聞邊烽動，萬里忽爭先。余亦赴京國，何當獻凱還。

田園作

弊廬隔塵喧，惟先尚恬素。卜鄰近三徑，植果盈千樹。粤余任推遷，三十猶未遇。書劍時將晚，丘園日空暮。晨興自多懷，晝坐常寡悟。沖天羨鴻鵠，爭食羞雞鶩。望斷金馬門，勞歌採樵路。鄉曲無知己，朝端乏親故。誰能爲楊雄，一薦《甘泉賦》？

從張丞相遊紀南城獵戲贈裴迪張參軍

從禽非吾樂，不好雲夢田。歲晏臨城望，只令鄉思懸。參卿有數子，聯騎何翩翩。世祿金張貴，官曹幕府連。歲時行殺氣，飛刃爭割鮮。十里屆賓館，徵聲匝妓筵。高標迴落日，平楚壓芳煙。何意狂歌客①，從公亦在旃②。

簡注：

①狂歌客：《論語·微子》言『楚狂接輿而過孔子』，楚昭王時政令無常，接輿披髮佯狂不仕。

②典出《詩經·秦風·駟鐵》：公之媚子，從公于狩。言君王親賢、上下和合。以此擬與張丞相的交游。旃，焉。

登望楚山最高頂

山水觀形勝，襄陽美會稽。最高惟望楚，曾未一攀躋。石壁疑削成，衆山比全低。晴明試登陟，目極無端倪。雲夢掌中小，武陵花處迷。暝還歸騎下，蘿月在深溪。

採樵作

採樵入深山，山深水重疊。橋崩卧查擁①，路險垂藤接。日落伴將稀，山風拂薜衣②。長歌負輕策，平野望煙歸。

簡注：

①橋崩卧查擁：查同「楂」，水中浮木。擁，群聚。

②薜衣：《楚辭·九歌·山鬼》有句「若有人兮山之阿，披薜荔兮帶女蘿」。後人遂以薜衣代指隱士衣服。

選評：

《王孟詩評》：孟諸詩皆極洗煉而不枯瘁，又在蘇州前。

《唐詩選脉會通評林》：吴山民云：幽深静至之語，讀之使喧擾人自失。

《唐詩別裁》：『橋崩』十字，寫出奇險之狀。

早梅

園中有早梅，年例犯寒開。少婦爭攀折，將歸插鏡臺。猶言看不足，更欲剪刀裁。

澗南園即事貽皎上人

弊廬在郭外，素業唯田園。左右林野曠，不聞城市喧。釣竿垂北澗，樵唱入南軒。書取幽棲①事，還尋静者論。

簡注：

①幽樓：隱居。山居爲樓。

白雲先生迥見尋

歸閑日無事，雲卧晝不起。有客款柴扉，自云巢居子。居閑好芝术，採藥來城市。家在鹿門山，常遊澗澤水。手持白羽扇，腳步青芒履。聞道鶴書①徵，臨流還洗耳。

簡注：

①鶴書：徵召文書。漢代徵召文書尺一簡，形狀類似鶴頭，故名。

與黄侍御北津泛舟

津無蛟龍患，日夕常安流。本欲避驄馬，何知同鷁舟。豈伊今日幸，曾是昔年遊。莫奏琴中鶴，且隨波上鷗。堤緣九里郭，山面百城樓。自顧躬耕者，才非管樂儔②。聞君薦草澤，從此泛滄洲。

簡注：

①琴中鶴：《韓非子·十過》有師曠鼓琴、鳴鶴來集的典故，極言其聲清澈動人。一説古琴曲有十二操，第九曰别鶴操。

②躬耕者，諸葛亮曾躬耕南陽，以春秋時賢相管仲自比。管樂，即管仲、樂毅，戰國時名將。此句乃自謙之語。

題長安主人壁

久廢南山田，謬陪東閣賢①。欲隨平子去，猶未獻《甘泉》。枕席琴書滿，褰帷遠岫連。我來如昨日，庭樹忽鳴蟬。促織驚寒女，秋風感長年。

授衣當九月，無褐竟誰憐。

簡注：

①東閣賢：漢代公孫弘曾築閣以邀集賢人，此處代指在朝友人。

庭橘

明發覽群物，萬木何陰森。凝霜漸漸水，庭橘似縣①金。女伴爭攀摘，摘窺礙葉深。並生憐共蔕，相示感同心。骨刺紅羅被，香粘翠羽簪。擎來玉盤裏，全勝在幽林。

簡注：

①縣：同『懸』，懸掛。

七言古詩

夜歸鹿門歌

山寺鳴鐘晝已昏，漁梁渡頭爭渡喧。人隨沙岸向江村，余亦乘舟歸鹿門。鹿門月照開煙樹，忽到龐公棲隱處。巖扉松徑長寂寥，惟有幽人自來去。

選評：

《批點唐詩正聲》：浩然作《鹿門歌》，其本象清徹閑淡備至。

《彙編唐詩十集》：唐云：淺淺説去，自然不同，此老胸中有泉石。

《唐詩選脉會通評林》：周珽曰：清徹，真澄水明霞。　陳繼儒曰：明月在天，清風徐引，一種高氣，凌虚欲下。知此可讀孟詩。

《唐詩箋要》：韻事佳題，詞不煩而意有餘，更妙在『龐公』不多鋪張。

和盧明府送鄭十三還京兼寄之什

昔時風景登臨地，今日衣冠送别筵。閑卧自傾彭澤酒，思歸長望白雲天。洞庭一葉驚秋早，濩落空嗟滯江島。寄語朝廷當世人，何時重見長安道？

送王七尉松滋得陽臺雲

君不見巫山神女作行雲，霏紅沓翠曉氛氲。嬋娟流入襄王夢，倏忽還隨零雨分。空中飛去復飛來，朝朝暮暮下陽臺。愁君此去爲仙尉，便逐行雲去不迴。

鸚鵡洲送王九遊江左

昔登江上黃鶴樓，遥愛江中鸚鵡洲。洲勢逶迤繞碧流，鴛鴦鸂鶒①滿沙頭。沙頭日落沙磧長，金沙耀耀動飈光。舟人牽錦纜，浣女結羅裳。月明全見蘆花白，風起遥聞杜若香，君行采采莫相忘。

簡注：

①鸂鶒：音溪翅，一種水鳥，也叫紫鴛鴦。

選評：

《載酒園詩話又編》：孟襄陽寫景、叙事、述情，無一不妙，令讀者躁心欲平。但瑰奇磊落，實所不足，故不甚作七言，專精五字。如《鸚鵡洲送王九之江左》曰：『月明全見蘆花白，風起遥聞杜若香，君行采采莫相忘』，全似《浣溪沙》風調也。

高陽池送朱二

當昔襄陽雄盛時，山公①常醉習家池。池邊釣女自相隨，妝成照影競來窺。澄波淡淡芙蓉發，綠岸毵毵楊柳垂。一朝物變人亦非，四面荒涼人住稀。意氣豪華何處在，空餘草露濕羅衣。此地朝來餞行者，翻向此中牧征馬。征馬分飛日漸斜，見此空爲人所嗟。殷勤爲訪桃源路，予亦歸來松子家②。

簡注：

①山公：《晋書・山簡傳》記載山簡字季倫，性温雅，曾假節鎮襄陽，每出嬉遊于諸習氏池上，名之曰高陽池。

②松子：即道教仙人赤松子，傳説神農時爲雨師。

選評：

《王孟詩評》：起語興自清發，中段流媚，末復淒婉。

《唐詩選脉會通評林》：周敬曰：風裁秀朗。

五言排律

西山尋辛諤

漾舟乘水便，因訪故人居。落日清川裏，誰言獨羨魚。石潭窺洞徹，沙岸歷紆餘。竹嶼見垂釣，茅齋聞讀書。款言忘景夕，清興屬涼初。回也一瓢飲①，賢哉常晏如。

簡注：

①《論語》載：子曰：一簞食，一瓢飲，在陋巷，人不堪其憂，回也不改其樂。賢哉回也！讚譽孔子弟子顏回的賢德以自比。

選評：

《增訂評注唐詩正聲》：郭云：清曠脱俗，非常見聞。

《古唐詩合解》：前解不用對偶，後解落句俊逸，調新而格弱矣。初見唐排律有間，然寫作自佳。

冬至後過吴張二子檀溪别業

卜築依自然，檀溪不更穿。園林二友接，水竹數家連。直取南山對，非關選地偏。卜鄰依孟母，共井讓王宣①。曾是歌三樂②，仍聞詠五篇③。草堂時偃曝，蘭枻日周旋。外事情都遠，中流性所便。閑垂太公釣，興發子猷船④。余亦幽棲者，經過竊慕焉。梅花殘臘月，柳色半春天。鳥泊隨陽雁，魚藏縮項鯿⑤。停杯問山簡，何似習池邊。

簡注：

①王宣：東漢文學家王粲，字仲宣，『建安七子』之一，此處以王代吴、張二子。

②三樂：《列子·天瑞》載孔子之言『吾樂甚多，天生萬物，唯人爲貴。而吾得爲人，是一樂也。男女之别，男尊女卑，故以男爲貴，吾既得爲男矣，是二樂也。人生有不見日月，不免襁褓者，吾既已行年九十矣，是三樂也。』

③五篇：東漢班固《東都賦》有《明堂》《辟雍》《靈臺》《寶鼎》《白雉》五篇。此處代指好文章。

④子猷船：典出《世説新語·任誕》，傳説晋代王子猷雪夜乘興前去拜訪友人，興落而歸。

⑤縮項鯿：即前文《峴潭作》中提到的查頭鯿，是襄陽的一種特産魚。

陪張丞相自松滋江東泊渚宮

放溜下松滋，登舟命楫師。寧忘經濟①日，不憚沍寒②時。洗幘豈獨古，濯纓良在兹③。政成人自理，機息鳥無疑。雲物吟孤嶼，江山辯四維④。晚來風稍緊，冬至日行遲。獵響驚雲夢，漁歌激楚辭。渚宮何處是，川暝欲安之。

簡注：

①經濟：經邦濟世。

②沍寒：沍音互，天寒結冰貌。

③幘，包頭巾。濯纓，典出《楚辭·漁父》『滄浪之水清兮，可以濯吾纓』。均比喻情操高潔。

④四維：東南西北四方之角曰四維。

陪盧明府泛舟迴峴山作

百里行春返，清流逸興多。鷁舟隨雁泊，江火共星羅。已救田家旱，仍憂俗化訛。文章推後輩，風雅激頹波。高岸迷陵谷，新聲滿棹歌。猶憐不調者①，白首未登科。

簡注：

①不調者：與世相和謂之調，此以自比。

陪張丞相祠紫蓋山途經玉泉寺

望秩宣王命，齋心待漏行。青襟列胄子，從事有參卿。五馬①尋歸路，雙林指化城②。聞鐘度門近，照膽玉泉清。皂蓋③依林憩，緇徒擁錫迎。天宮近兜率，沙界豁迷明④。欲就終焉志，恭聞智者名。人隨逝水歎，波逐覆舟傾。想像若在眼，周流空復情。謝公還欲卧，誰與濟蒼生？

簡注：

①五馬：《漢官儀》載『太守出則乘五馬』，此處代指太守。

②雙林，也叫雙樹，佛教謂僧人寂滅之處。化城，佛家指一時幻化的城郭，後世代稱佛寺。

③皂蓋：黑色的車蓋。

④兜率，佛教用語，欲界六天中的第四天；沙界，佛家所謂恒河沙數三千大千世界。

臘月八日於剡縣石城寺禮拜

石壁開金像，香山繞鐵圍。下生彌勒見，回向一心歸。竹柏禪庭古，樓臺世界稀。夕嵐增氣色，餘照發光輝。講席邀談柄，泉堂施浴衣。願承功德水，從此濯塵機。

同獨孤使君東齋作

郎官舊華省，天子命分憂。襄土歲頻旱，隨車雨再流。雲陰自南楚，河潤及東周。廨宇宜新霽，田家賀有秋。竹間殘照入，池上夕陽浮。寄謝東陽守，何如八詠樓①。

簡注：

①南齊沈約曾爲東陽郡太守，頗有政績，曾在元敞樓作《八詠詩》，後人因改此樓名爲八詠樓。

峴山送朱大去非遊巴東

峴山南郭外，送别每登臨。沙岸江村近，松門山寺深。一言余有贈，三峽爾相尋。祖席宜城酒，征途雲夢林。蹉跎遊子意，眷戀故人心。去矣勿淹滯，巴東猿夜吟。

宴張記室宅

甲第金張館，門庭軒騎多。家封漢陽郡，文會①楚材過。曲島浮觴酌，前山入詠歌。妓堂花映發，書閣柳逶迤。玉指調箏柱，金泥飾舞羅。誰知書劍者，年歲獨蹉跎。

簡注：

①文會：《論語》有言『君子以文會友』，後世因稱文酒之會爲文會。

登龍興寺閣

閣道乘空出，披軒遠目開。逶迤見江勢，客至屢緣迴。兹郡何填委，遥山復幾哉。蒼蒼皆草木，處處盡樓臺。驟雨一陽散，行舟四海來。鳥歸餘興滿，周覽更徘徊。

登總持寺浮屠

半空躋寶塔，晴望盡京華。竹繞渭川遍，山連上苑斜。四門開帝宅，千陌俯人家。累劫從初地，爲童憶聚沙。一窺功德見，彌益道心加。坐覺諸天近，空香送落花。

與崔二十一遊鏡湖寄包賀二公

試覽鏡湖物，中流見底清。不知鱸魚味，但識鷗鳥情。帆得樵風送，春逢穀雨晴。將探夏禹穴，稍背越王城。府椽有包子，文章推賀生。滄浪醉後唱，因子寄同聲。

選評：

《聞鶴軒初盛唐近體讀本》：三、四用拗筆，翻得老厲，偶一作耳，非可藉口。五、六對更出意。

本闍黎①新亭作

八解禪林秀，三明②給苑才。地偏香界遠，心靜水亭開。傍險山查立，尋幽石徑迴。瑞花長自下，靈藥豈須栽。碧網交紅樹，清泉盡緑苔。戲魚聞法聚，閑鳥誦經來。棄象玄應悟，忘言理必該。靜中何所得，吟詠也徒哉。

簡注：

①梵語『阿闍黎』的簡稱。原意爲教授子弟，使之行爲符合規範。這裡指高德大僧。

②三明：佛教用語，謂天眼、宿命、漏盡爲三明。

長安早春

闢戍惟東井，城池起北辰①。咸歌太平日，共樂建寅春。雪盡青山樹，冰開黑水濱。草迎金埒馬，花伴玉樓人。鴻漸②看無數，鶯歌聽欲頻。何當桂枝擢，歸及柳條新。

簡注：

①東井：星宿名，即井宿，爲二十八宿之一；北辰，亦爲星名，即北極星。

②鴻漸：典出《易·漸》「鴻漸於干」，後世多比喻仕進。

秦中苦雨思歸贈袁左丞賀侍郎

爲學三十載，閉門江漢陰。明敭逢聖代，羈旅屬秋霖。豈直昏墊苦，亦爲權勢沉。一毛①催白髮，百鎰罄黃金。淚憶峴山墮，愁懷湘水深。謝公積憤懣，莊舄空謠吟②。躍馬非吾事，狎鷗真我心。寄言當路者，去矣北山岑。

簡注：

①二毛：指頭上出現白髮。

②謝公，當指謝靈運；莊舄，戰國越人，病中思越而吟越聲。

陪張丞相登荆州城樓因寄蘇州張使君及浪泊戍主劉家

薊門天北畔，銅柱日南端。出守聲彌遠，投荒法未寬。側身聊倚望，攜手莫同懽。白璧無瑕玷，青松有歲寒。府中丞相閣，江上使君灘①。興盡迴舟去，方知行路難。

簡注：

①丞相閣，漢丞相公孫弘曾開閣延賢賓客；使君潭，《水經注》載張騫出使西域，經此而船沉没，故名。

荆門上張丞相

共理分荆國，招賢愧楚材。《召南》風更闡，丞相閣還開。覲止欣眉睫，沉淪拔草萊。坐登徐孺榻，頻接李膺杯①。始慰蟬鳴柳，俄看雪間梅。四時年篇盡，千里客程催。日下瞻歸翼，沙邊厭曝鰓②。佇聞宣室召，星象復中台③。

簡注：

①徐孺榻：後漢徐穉，字孺子，恭儉賢德，屢召不起。時陳蕃爲太守，不接賓客，

唯穉來時，特設一榻以待。李膺杯：後漢李膺字元禮，性簡亢，無所交接，唯以同郡人荀淑、陳寔爲友。

②曝鰓：《後漢書・郡國志五》注引《交州記》『有堤防龍門，水深百尋，大魚登此門化爲龍，不得過，曝鰓點額，血流此水，恒如丹池。』比喻處境極其困頓、抱負不得施展。

③中台：『三台六星』中一星名，『爲司中，主宗室』，此處代指張九齡再度執政。

和宋大使北樓新亭

返耕意未遂，日夕登城隅。誰謂山林近，坐爲符竹①拘。麗譙②非改作，軒檻是新圖。遠水自嶓冢，長雲吞具區。願隨江燕賀，羞逐府寮趨。欲識狂歌者，丘園一豎儒。

簡注：

①符竹：漢代朝廷傳令給郡守所用的竹簡，後代指郡守或刺史。

②麗譙：美麗的高樓。

夜泊宣城界

西塞沿江島，南陵問驛樓。潮平津濟闊，風止客帆收。去去懷前浦，茫茫泛夕流。石逢羅刹礙，山泊敬亭幽。火熾梅根冶①，煙迷楊葉洲。離家復水宿，相伴賴沙鷗。

簡注：

①梅根冶：也稱梅根監，即今安徽梅埂。六朝後，常于此鑄錢。

奉先張明府休沐還鄉海亭宴集探得堦字

自君理畿甸，余亦經江淮。萬里音信斷，數年雲雨乖。歸來休澣①日，始得賞心諧。朱紱②恩雖重，滄洲趣每懷。樹底新舞閣，山對舊書齋。何以發秋興，陰蟲鳴夜堦。

簡注：

①休澣：即休沐。古代的休假制度，官員每五天一休息、沐浴。

②朱紱：連結佩玉或印章的絲帶，代指做官。

同張明府碧溪贈答

別業聞新製，同聲和者多。還看碧溪答，不羨綠珠歌。自有陽臺女，仙凫朝朝拾翠過。舞庭鋪錦繡，妝牖閉藤蘿。秩滿休閑日，春餘景色和。仙凫能作伴，羅襪共凌波。別島尋花藥，迴潭折芰荷。更憐斜日照，紅粉豔青娥。

贈蕭少府

上德如流水，安仁道若山。聞君秉高節，而得奉清顔。鴻漸昇台羽，牛刀列下班。處腴能不潤，居劇體常閑。去詐人無諂，除邪吏息奸。欲知清與潔，明月在澄灣。

同王九題就師山房

晚憩支公室，故人逢右軍。軒窗避炎暑，翰墨動新文。竹閉窗裏日，雨隨階下雲。同遊清陰遍，吟卧夕陽曛。江靜棹歌歇，溪深樵語聞。歸途未忍去，攜手戀清芬。

上張吏部

公門世緒昌，才子冠裴王①。自出平津邸，還爲吏部郎。神仙②餘氣色，列宿動輝光。夜直南宫静，朝趨北禁長。時人窺水鏡，明主賜衣裳。翰苑飛鸚鵡，天池待鳳凰。

簡注：

①裴王：指晋代裴楷和王戎。《世説新語·賞譽》載二人故事，少年時即被發現裴楷清通、王戎簡要，皆有俊才。

②神仙，與以下『南宫』『北禁』，皆代指尚書省。

和于判官登萬山亭因贈洪府都督韓公

韓公美襄土，日賞城西岑。結構意不淺，岩潭趣轉深。皇華一動詠，荆國幾謳吟。舊徑蘭勿翦，新堤柳欲陰。砌傍餘怪石，沙上有閑禽。自牧豫章郡，空瞻楓樹林。因聲寄流水，善聽在知音。耆舊眇不接，崔徐無處尋。物情多貴遠，賢俊豈無今。遲爾長江暮，澄清一片心。

下灨石

灨石三百里，遥洄千嶂間。沸聲常浩浩，洊勢亦潺潺。跳沫魚龍沸，垂藤猿狖攀。榜人苦奔峭，而我忘險艱。放溜①情彌遠，登艫目自閑。暝帆何處泊，遥指落星灣。

簡注：

①放溜：使船順水自行。

選評：

《漁陽詩話》：落星在南康府，去贛亦千餘里，順流乘風，即非一日可達。古人詩，只取興會超妙，不似後人章句，但作記里鼓也。

《蠖齋詩話·詩用而字》：『結廬在人境，而無車馬喧』，陶公偶然入妙；次之『孰是都不營，而以求自安』，便下一格。劉繪『別離不可再，而我更重之』，孟浩然『榜人苦奔峭，而我忘險艱』，二語差不覺。

行出東山望漢川

異縣非吾土，連山盡綠篁。平田出郭少，盤壟入雲長。萬壑歸於海，千峰劃彼蒼。猿聲亂楚峽，人語帶巴鄉。石上攢椒樹，藤間養蜜房。雪餘春未暖，嵐解晝初陽。征馬疲登頓，歸帆愛渺茫。坐欣沿溜下，信宿①見維桑②。

簡注：

①信宿：住宿兩夜。一宿爲舍，再宿爲信。

②維桑：家鄉。《詩經·小雅》云：『維桑與梓，必恭敬止。』朱熹集傳稱：『桑梓二木，古者五畝之家樹之墻下，以遺子孫，給蠶食，具器用者也。』、

久滯越中贈謝南池會稽賀少府

陳平無產業，尼父倦東西①。負郭昔云翳，問津今已迷。未能忘魏闕，空此滯秦稽。兩見夏雲起，再聞春鳥啼。懷仙梅福市，訪舊若耶溪。聖主

賢爲寶，卿何隱遁棲。

簡注：

①陳平，西漢開國功臣，幼年家貧；尼父，即孔子，曾周遊列國。

送韓使君除洪府都督

述職撫荆衡，分符襲寵榮。往來看擁傳，前後賴專城。勿翦棠猶在①，波澄水更清。重推江漢理，旋改豫章行。召父多遺愛，羊公有令名②。衣冠列祖道，耆舊擁前旌。峴首晨風送，江陵夜火迎。無才慚孺子，千里愧同聲。

簡注：

①典出《詩經·召南·甘棠》『蔽芾甘棠，勿翦勿伐，召伯所茇』，後人用以比喻去

官之後留有政德。

②召父乃漢代召信臣，羊公即晋代羊祜，爲官皆爲民稱頌。

盧明府九日峴山宴袁使君張郎中崔員外

宇宙誰開闢，江山此鬱盤。登臨今古用，風俗歲時觀。地理荆州分，天涯楚塞寬。百城今刺史，華省舊郎官。共美重陽節，俱懷落帽歡①。酒邀彭澤載，琴輟武城彈②。獻壽先浮菊，尋幽或藉蘭。煙虹鋪藻翰，松竹掛衣冠。叔子神如在，山公興未闌。嘗聞騎馬醉，還向習池看。

簡注：

①落帽歡：典出《晋書·孟嘉傳》，孟嘉參加重九登高雅集，風吹帽落而不覺。

②武城彈：《論語·陽貨》：『子之武城，聞絃歌之聲』。謂以禮樂治民。

宴崔明府宅夜觀妓

畫堂觀妙妓，長夜正留賓。燭吐蓮花豔，妝成桃李春。髻鬟低舞席，衫袖掩歌唇。汗濕偏宜粉，羅輕詎著身。調移筝柱促，歡會酒杯頻。儻使曹王見，應嫌洛浦神①。

簡注：

①曹植有《洛神賦》，極寫洛水神女宓妃之美，此處比喻歌姬舞態之美。

韓大使東齋會岳上人諸學士

郡守虛陳榻，林間召楚材。山川祈雨畢，雲物喜晴開。抗禮尊縫掖①，臨流揖渡杯②。徒攀朱仲李，誰薦和羹梅。翰墨緣情製，高深以意裁。滄洲趣不遠，何必問蓬萊。

簡注：

①縫掖：指儒者所穿衣服。

②渡杯：《法苑珠林》載西晉懷度故事，傳説其曾乘一小杯過河，因號渡杯。此處代指岳上人。

初年樂城館中卧疾懷歸

異縣天隅僻，孤帆海畔過。往來鄉信斷，留滯客情多。臘月聞雷震，東風感歲和。蟄蟲驚户穴，巢鵲眄庭柯。徒對芳樽酒，其如伏枕何。歸來理舟楫，江海正無波。

上巳日澗南園期王山人陳七諸公不至

摇艇候明發，花源弄晚春。在山懷綺季，臨漢憶荀陳①。上巳期三月，浮杯興十旬。坐歌空有待，行樂恨無鄰。日晚蘭亭北，煙花曲水濱。浴蠶逢姹女②，採艾值幽人。石壁堪題序，沙場好解神。群公望不至，虚擲此芳辰。

簡注：

①綺季，指綺里季，秦末隱于商山，爲『商山四皓』之一；荀陳，《後漢書》所載荀淑、陳實，以及《世説新語·品藻》所載五荀五陳，皆爲東漢名士。

②浴蠶，一種養蠶方法；姹女，少女。

送莫氏甥兼諸昆弟從韓司馬入西軍

念爾習詩禮，未嘗離户庭。平生早偏露，萬里更飄零。坐棄三冬業①，行觀八陣形。飾裝辭故里，謀策赴邊庭。壯志吞鴻鵠，遥心伴鶺鴒。所從文與武，不戰自應寧。

簡注：

①三冬業：指詩禮等學業。三冬，即三年，猶三春、三秋。

峴山送蕭員外之荆州

峴山江岸曲，郢水郭門前。自古登臨處，非今獨黯然。亭樓明落照，井邑秀通川。澗竹生幽興，林風入管弦。再飛鵬激水，一舉鶴沖天。佇立三荆①使，看君駟馬②旋。

簡注：

①三荆：即三楚。古以江陵爲南楚，吴爲東楚，彭城爲西楚。

②駟馬：古時顯貴乘四馬之車，此代指功成名就。

送王昌齡之嶺南

洞庭去遠近，楓葉早驚秋。峴首羊公愛，長沙賈誼愁。土毛無縞纻，鄉味有查頭。已抱沉痼疾①，更貽魑魅②憂。數年同筆硯，兹夕異衾裯③。意氣今何在，相思望斗牛。

簡注：

①沉痼疾：積久難愈之疾病。痼，久也。

②魑魅：《文選》李善注：『魑，山神；魅，怪物。』謂山林異氣所生，爲人害者。此喻人生之坎坷艱難。

③異衾裯：裯，音愁。衾裯，衣服和被子。共衾裯指交好，反之指别離。

五言律詩

與諸子登峴山

人事有代謝，往來成古今。江山留勝迹，我輩復登臨。水落魚梁淺，天寒夢澤深。羊公碑尚在，讀罷淚沾襟。

選評：

《唐詩援》：結語妙在不翻案。後人好議論，殊覺多事，乃知詩中著議論定非佳境。

孟詩一味簡淡，意足便止，不必求深，自可空前絕後。子美云：『吾愛襄陽孟夫子，新詩句句盡堪傳。』太白云：『吾愛孟夫子，風流天下聞。』二公推服如此，豈虛語哉！

《唐風定》：風神興象，空靈澹遠，一味神化。中晚涉意，去之千里矣。

《而庵說唐詩》：『我輩』二字，浩然何等自負，却在『登臨』上說，尤妙。

《硯齋詩談》：《與諸子登峴山》『人事有代謝，往來成古今。江山留勝迹，我輩復登臨。』流水對法，一氣滚出，遂爲最上乘。意到氣足，自然渾成，逐句摹擬不得。

《詩境淺説》：前四句俯仰今古，寄慨蒼凉。凡登臨懷古之作，無能出其範圍，句法一氣揮灑，若鷹隼摩空而下，盤折中有勁疾之勢。

臨洞庭

八月湖水平，涵虚混太清。氣蒸雲夢澤，波撼岳陽城。欲濟無舟楫，端居耻聖明。坐觀垂釣者，徒有羡魚情。

選評：

《西清詩話》：洞庭天下壯觀，騷人墨客題者衆矣，終未若此詩頷聯一語氣象。

《唐詩鏡》：渾渾不落邊際。三、四愜當，渾若天成。

《唐風定》：孟詩本自清澹，獨此聯氣勝，與少陵敵，胸中幾不可測（『氣蒸』一聯下）。

《唐詩成法》：前半何等氣勢，後半何其卑弱！

《唐宋詩舉要》：吴曰：唐人上達官詩文，多干乞之意，此詩收句亦然，而詞意則超絶矣。

晚春

二月湖水清，家家春鳥鳴。林花掃更落，徑草踏還生。酒伴來相命，開樽共解醒。當杯已入手，歌妓莫停聲。

選評：

《唐詩解》：水清鳥囀，草長花飛，仲春之景麗矣。酒有伴，妓善歌，飲中之勝事也。頷聯有生氣，尾聯見豪舉。曰『解酲』，便有一醉累月意。讀此篇，孟之風韻可想。

《唐詩成法》：水清、鳥囀，緊接草長花飛，寫『晚』字得神。後四宴賞之勝事，恰在個中，歡樂難工，此詩有焉。

歲暮歸南山

北闕休上書，南山歸弊廬。不才明主棄，多病故人疏。白髮催年老，青陽逼歲除。永懷愁不寐，松月夜窗虛。

選評：

王之望《上宰相書》：孟浩然在開元中詩名亦高，本無宦情，語亦平淡。及『北闕』『南山』之詩，作意爲憤躁語，此不出乎情性，而失其音氣之和，果終棄于明主。

《瀛奎律髓》：八句皆超絶塵表。

《增訂唐詩摘抄》：結句是寂寥之甚，然只寫景，不説寂寥，含蓄有味。

《瀛奎律髓彙評》：馮舒：一生失意之詩，千古得意之作。　紀昀：三、四亦盡和平，不幸而遇明皇爾。或以爲怨怒太甚，不及老杜『官應老病休』句之温厚，則是以成敗論人也。結句亦前人所稱，意境殊爲深妙。然『永懷愁不寐』句尤見纏綿篤摯，得詩人風旨。

《唐詩合選詳解》：吴綏眉曰：此種最爲清雅，不求工而自合。

梅道士水亭

傲吏非凡吏，名流即道流。隱居不可見，高論莫能酬。水接仙源近，山藏鬼谷幽。再來迷處所，花下問漁舟。

選評：

《唐詩歸》：與右丞『欲投人處宿，隔水問樵夫』，各自成漁樵畫圖。

《精選評注五朝詩學津梁》：起爲連環對偶法，第三聯工夫純粹。

閑園懷蘇子

林園雖少事，幽獨自多違。向夕開簾坐，庭陰落影微。鳥從煙樹宿，螢傍水軒飛。感念同懷子，京華去不歸。

選評：

《唐律消夏録》：『幽獨』句先露出一懷人影子，以下卻不就説懷人，再將庭陰落景、鳥宿云飛寫得悄然、冷然，然後接出『感』字，雖欲不懷，不可得也。

留別王維

寂寂竟何待，朝朝空自歸。欲尋芳草去，惜與故人違。當路誰相假，知音世所稀。祇應守寂寞，還掩故園扉。

選評：

《王孟詩評》：個中人，個中語，看著便不同（首四句下）。末意更悲。

武陵泛舟

武陵川路狹，前棹入花林。莫測幽源裏，仙家信幾深。水迴青嶂合，雲渡緑溪陰。坐聽閑猿嘯，彌清塵外心。

選評：

《唐詩選脉會通評林》：周珽曰：律法清老，意境孤秀。『棹入花林』，便得趣。次言已知仙境矣，却又不可窮測。『水迴』『雲渡』二語，正頂『幽』『深』來。結謂到此塵念已息，更聞猿嘯，此心彌清。總美武陵溪源妙異也。大抵孟詩遇景入韻，濃淡自如，景物滿眼，興致却別。

同曹三御史行泛湖歸越

秋入詩人興，巴歌①和者稀。泛湖同旅泊，吟會是歸思。白簡徒推薦，滄洲已拂衣。杳冥雲海去，誰不羨鴻飛。

簡注：

①巴歌：下俚之歌。

遊景空寺蘭若

龍象經行處，山腰度石關。屢迷青嶂合，時愛緑蘿閑。宴息花林下，高談竹嶼間。寥寥隔塵事，疑是入雞山。

陪張丞相登嵩陽樓

獨步人何在，嵩陽有故樓。歲寒問耆舊，行縣擁諸侯。泱莽北彌望，沮漳東會流。客中遇知己，無復越鄉憂。

與顔錢塘登樟亭望潮作

百里雷聲震，鳴弦暫輟彈。府中連騎出，江上待潮觀。照日秋雲迥，浮天渤澥①寬。驚濤來似雪，一坐凜生寒。

簡注：

①渤澥：海旁水灣稱渤，斷開的水域曰澥。此處代指入海的錢塘。

選評：

《聞鶴軒初盛唐近體讀本》：陳德公先生曰：三、四現成秀句。迤邐而入，章法井然。五、六得登望遠景，故『浮天』句不覺爲楞。結更警拔，足令全體俱靈。

題大禹寺義公禪房

義公習禪寂，結宇依空林。户外一峰秀，階前衆壑深。夕陽連雨足，空翠落庭陰。看取蓮花淨，方知不染心。

選評：

《唐詩評選》：五、六爲襄陽絕唱，必如此乃耐吟詠，一結入套，依然山人本色。

《唐詩選》：玉遮曰：盡禪門清淨況味。

《網師園唐詩箋》：中四寫景清真。

《唐賢清雅集》：森秀是襄陽本色。魂魄語（『空翠』句下）。

尋白鶴岩張子容隱居

白鶴青岩畔，幽人有隱居。階庭空水石，林壑罷樵漁。歲月青松老，風霜苦竹疏。睹茲懷舊業，攜策①返吾廬。

簡注：

①策：細樹枝，手杖。

九日得新字

九日未成旬，重陽即此晨。登高尋故事，載酒訪幽人。落帽恣歡飲，授衣同試新。茱萸正可佩，折取寄情親。

除夜樂城張少府宅

雲海訪甌閩，風濤泊島濱。如何歲除夜，得見故鄉親。余是乘桴客，君爲失路人①。平生復能幾，一別十餘春。

簡注：

①乘桴客：典出《論語·公冶長》『道不行，乘桴浮于海』。謂失路人，失意之人。

舟中晚望

掛席東南望，青山水國遥。舳艫爭利涉，來往任風潮。問我今何適，天台訪石橋。坐看霞色晚，疑是赤城標。

選評：

《唐賢三昧集箋注》：一氣旋折，後來屈翁山喜學此格。

《五七言今體詩鈔》：趣興奇逸。

《唐宋詩舉要》：吴曰：一片神行，此王、孟之絕詣也。

遊精思觀迴王白雲在後

出谷未停午，至家已夕曛。迴瞻山下路，但見牛羊群。樵子暗相失，草蟲寒不聞。衡門猶未俺，佇立待夫君。

選評：

《王孟詩評》：劉云：并與草蟲無之，則其境可悲。幽淒寂歷之境，數言俱足。

《古唐詩合解》：此詩以古行律，有晋人風味。

與杭州薛司户登樟亭驛

水樓一登眺，半出青林高。帟幕英僚敞，芳筵下客叨。山藏伯禹穴，城壓伍胥濤①。今日觀溟漲，垂綸欲釣鼇。

簡注：

①伯禹穴，禹穴，禹父鯀爲崇伯，故禹亦稱伯禹；伍胥濤，傳説伍子胥死後被投身江中，隨流揚波、依潮往來，後世故稱錢塘江潮爲『伍胥濤』。

尋天台山作

吾友太一子，餐霞卧赤城。欲尋華頂去，不憚惡溪名。歇馬憑雲宿，揚帆截海行。高高翠微裏，遥見石梁横。

選評：

《唐詩解》：山水之思，摹寫殆盡。

《唐詩意》：通篇是比體，言求道者能無所不盡其力，必有可至之理，亦《小雅·鶴鳴》意也。

《唐賢三昧集箋注》：孟詩亦有此種煉字健句，奈何以清微淡遠概之(『揚帆』句下)？

宿立公房

支遁初求道，深公笑買山①。何如石岩趣，自入户庭間。苔澗春泉滿，蘿軒夜月閑。能令許玄度②，吟卧不知還。

簡注：

①典出《世説新語·排調》：『支道林因人就深公買印山，深公答曰：「未聞巢由買山而隱。」』意指歸隱未必要入深山。

②許玄度：許詢，字玄度，東晉文學家。好清談，善吟詠，隱居不仕。

選評：

《王孟詩評》：劉云：起處用事得好，固不宜經人道。三四句亦自在有味。詣入淡境，覺一切求工造險者形穢之甚。

尋陳逸人故居

人事一朝盡，荒蕪三徑休。始聞漳浦卧，奄作岱宗遊。池水猶含墨，山雲已落秋。今朝泉壑裏，何處覓藏舟。

姚開府山池

主人新邸第，相國舊池臺。館是招賢闢，樓因教舞開。軒車人已散，簫管鳳初來。今日龍門下，誰知文舉才①。

簡注：

①孔融字文舉，少有異才，《後漢書·孔融傳》載其對答如流，爲太中大夫陳煒賞識故事。

夏日浮舟過陳逸人別業

水亭涼氣多，閑棹晚來過。澗影見藤竹，潭香聞芰荷。野童扶醉舞，山鳥笑酣歌。幽賞未云遍，煙光奈夕何。

夏日辨玉法師茅齋

夏日茅齋裏，無風坐亦涼。竹林新筍穊①，藤架引梢長。燕覓巢窠處，蜂來造蜜房。物華皆可玩，花蕊四時芳。

簡注：

①穊：音既，茂密。

與張折衝遊耆闍寺

釋子彌天秀，將軍武庫才。橫行塞北盡，獨步漢南來。貝葉傳金口，山樓作賦開。因君振嘉藻①，江楚氣雄哉。

簡注：

①振嘉藻：作出美好文章。

與白明府遊江

故人來自遠，邑宰復初臨。執手恨爲別，同舟無異心。沿洄洲渚趣，演漾弦歌音。誰識躬耕者，年年梁甫吟①。

簡注：

①梁甫吟：樂府曲調名，梁甫爲山名，傳説人死後葬此山，因此爲葬歌。

遊精思題觀主山房

誤入花源裏，初憐竹徑深。方知仙子宅，未有世人尋。舞鶴過閑砌，飛猿嘯密林。漸通玄妙理，深得坐忘心。

尋梅道士張逸人

彭澤先生柳，山陰道士鵝①。我來從所好，停策夏雲多。重以觀魚樂，因之鼓枻②歌。崔徐跡未朽，千載揖清波。

簡注：

①彭澤先生，指陶淵明；山陰道士，《晉書·王羲之傳》載『山陰有一道士，養好

鵝』，王羲之以書法易鵝，各自爲樂。

②鼓枻：摇動船槳。枻，音溢，船槳。

陪姚使君題惠上人房

帶雪梅初暖，含煙柳尚青。來窺童子偈，得聽法王經。會理知無我，
觀空厭有形。迷心應覺悟，客思不遑寧。

晚春題遠上人南亭

給園支遁隱，虛寂養閑和。春晚群木秀，關關黃鳥歌。林棲居士竹①，
池養右軍鵝。炎月北窗下，清風期再過。

簡注：

①居士竹：典出《世說新語・任誕》：『王子猷嘗暫寄人空宅住，便令種竹。』竹常與隱士相伴。

人日登南陽驛門亭子懷漢川諸友

朝來登陟處，不似豔陽時。異縣殊風物，羈懷多所思。剪花驚歲早，看柳訝春遲。未有南飛雁，裁書欲寄誰。

遊鳳林寺西嶺

共喜年華好，來游水石間。煙容開遠樹，春色滿幽山。壺酒朋情洽，琴歌野興閑。暮愁歸路暝，招月伴人還。

陪獨孤使君同與蕭員外證登萬山亭

萬山青嶂曲，千騎使君遊。神女鳴環佩，仙郎接獻酬。遍觀雲夢野，自愛江城樓。何必東南守，空傳沈隱侯①。

簡注：

①沈隱侯：即齊梁文學家沈約，曾爲東陽太守。

贈道士參寥

蜀琴久不弄，玉匣細塵生。絲脆弦將斷，金徽色尚榮。知音徒自惜，聾俗本相輕。不遇鍾期聽，誰知鸞鳳聲①。

簡注：

①鍾期，即鍾子期，用鍾子期、俞伯牙典故以比知音；鸞鳳聲，嵇康《琴賦》云：『遠而聽之，若鸞鳳和鳴獻雲中，若衆葩敷榮曜春風。』

京還贈張維

拂衣何處去，高枕南山南。欲徇五斗禄，其如七不堪①。早朝非晏起，束帶異抽簪。因向智者説，遊魚思舊潭。

簡注：

①五斗禄，陶淵明有『我豈能爲五斗米折腰，向鄉里小兒』的典故；七不堪，嵇康有《與山巨源絶交書》，陳述自己不堪爲官的七條理由。

題李十四莊兼贈綦毋校書①

聞君息陰地，東郭柳林間。左右瀍澗水，門庭緱氏山②。抱琴來取醉，垂釣坐乘閑。歸客莫相待，緣源殊未還。

簡注：

①綦毋校書：綦毋潛，唐代詩人，曾任校書郎。

②緱氏山：在今河南偃師境内，傳説爲王子晋得仙處。

寄趙正字

正字芸香閣，幽人竹素園。經過宛如昨，歸卧寂無喧。高鳥能擇木，羝羊漫觸藩。物情今已見，從此願忘言。

秋登張明府海亭

海亭秋日望，委曲見江山。染翰聊題壁，傾壺一解顔。歌逢彭澤令，歸賞故園間。余亦將琴史，棲遲共取閑。

題融公蘭若

精舍買金開，流泉繞砌迴。芰荷薰講席，松柏映香臺。法雨晴飛去，天花晝下來。談玄殊未已，歸騎夕陽催。

選評：

《唐詩選脉會通評林》：周珽曰：孟詩每似不經思輕口吐出，古意淡韻，人自罕及。此篇極美蘭若建置幽勝，兼贊融公道法靈通，語調稍艷，而豐骨超逸。即『法雨晴飛去』句更奇越，也如選載膾炙人處，高華清峭，出人意表，不勝殫迷。劉會孟評其如訪梅問柳，偏入古寺，與韋蘇州意趣雖相似，然入處不同。善哉，千古知己！

九日龍沙作寄劉大昚虛①

龍沙豫章北，九日掛帆過。風俗因時見，湖山發興多。客中誰送酒，棹裏自成歌。歌竟乘流去，滔滔任夕波。

簡注：

①劉大昚虛：劉昚虛，唐代詩人，文章有盛名，詩多寫山水隱居。昚，音慎。

洞庭湖寄閻九

洞庭秋正闊，余欲泛歸船。莫辨荊吴地，唯餘水共天。渺瀰江樹没，合沓海湖連。遲爾爲舟楫，相將濟巨川①。

簡注：

①典出《尚書・説命上》：『若濟巨川，用汝作舟楫。』本比喻君臣協合，此處代指與閭九同泛江湖的感情。

秋日陪李侍御渡松滋江

南紀①西江闊，皇華御史雄。截流寧假楫，掛席自生風。寮寀②爭攀鷁，魚龍亦避驄。坐聞白雪③唱，翻入棹歌中。

簡注：

①南紀：泛指南方荆楚一帶。

②寮寀：音遼采，官吏。

③白雪：即陽春白雪，指高雅樂曲。

秦中感秋寄遠上人

一丘常欲卧，三徑苦無資。北土非吾願，東林懷我師。黄金燃桂盡，壯志逐年衰。日夕涼風至，聞蟬但益悲。

選評：

李夢陽曰：黄金燃桂盡，終傷氣。結句好。

重酬李少府見贈

養疾衡茅下，由來浩氣真。五行將禁火，十步任尋春。致敬維桑梓，邀歡即主人。還看後凋色，青翠有松筠。

宿永嘉江寄山陰崔少府國輔

我行窮水國，君使入京華。相去日千里，孤帆天一涯。臥聞海潮至，起視江月斜。借問同舟客，何時到永嘉？

選評：

《唐詩品彙》：劉云：不必思索，皆有（『臥聞』一聯下）。

《歷代詩發》：一片神理，思路都絕。

上巳日洛中寄王九迥

卜洛成周地，浮杯上巳筵。鬥雞寒食下，走馬射堂前。垂柳金堤合，平沙翠幕連。不知王逸少①，何處會群賢？

簡注：

①王逸少：王羲之，字逸少。此處巧借指王九。

聞裴侍御朏自襄州司户除豫州司户因以投寄

故人荆河掾，尚有柏臺①威。移職自樊沔，芳聲聞帝畿。昔余卧林巷，載酒訪柴扉。松菊無君賞，鄉園懶欲歸。

簡注：

①柏臺：御史臺之别稱。

江上寄山陰崔國輔少府

春堤楊柳發，憶與故人期。草木本無意，榮枯自有時。山陰定遠近，江上日相思。不及蘭亭會，空吟祓禊詩①。

簡注：

①王羲之《蘭亭集序》載，永和九年在會稽山陰有蘭亭之會，修禊事；祓禊，古之民俗，三月上巳日到水濱洗濯，以去灰塵、除不祥。

送洗然弟進士舉

獻策金門去，承歡彩服違①。以吾一日長，念爾聚星稀。昏定須温席②，寒多未授衣。桂枝如已擢，早逐雁南飛。

簡注：

①傳説古有老萊子，年七十，著五彩衣，卧地學小兒啼，以悦父母。

②典出《禮記·曲禮》：凡爲人子之禮，冬温而夏凊，昏定而晨省。

夜泊廬江聞故人在東林寺以詩寄之

江路經廬阜，松門入虎溪。聞君尋寂樂，清夜宿招提。石鏡山精怯，禪林怖鴿棲。一燈如悟道，爲照客心迷①。

簡注：

①佛家以燈喻法，言佛法如燈，可照亮衆人道路，使人脱離迷津。

宿桐廬江寄廣陵舊遊

山暝聽猿愁，滄江急夜流。風鳴兩岸葉，月照一孤舟。建德非吾土，維揚憶舊遊。還將數行淚，遥寄海西頭①。

簡注：

①海西頭：指揚州。隋煬帝《泛龍舟》：『借問揚州在何處，淮南江北海西頭。』

選評：

《王孟詩評》：『一孤』似病，天趣自得。大有洗煉，非率爾得者。

《唐詩別裁》：孟公詩高于起調，故清而不寒。

《唐宋詩舉要》：健舉，工于發端（首聯下）。旅況寥落，情景如繪（『月照』句下）。情深語摯（末句下）。

南還舟中寄袁太祝

沿泝非便習，風波厭苦辛。忽聞遷谷鳥①，來報五陵春②。嶺北迴征棹，巴東問故人。桃源何處是，遊子正迷津。

簡注：

①遷谷鳥：典出《詩經·小雅·伐木》『出自幽谷，遷于喬木』，比喻仕途升遷。

②五陵春：五陵，指漢高帝長陵、惠帝安陵、景帝陽陵、武帝茂陵、昭帝平陵。漢代高官貴人遷居至陵墓附近居住，詩文常以五陵代指富貴之人聚居之處。

東陂遇雨率爾貽謝南池

田家春事起，丁壯就東陂。殷殷雷聲作，森森雨足垂。海虹晴始見，河柳潤初移。余意在耕稼，因君問土宜。

選評：

《王孟詩評》：似目前而非目前。

《瀛奎律髓》：紀昀評：通體自然，不但起句、末句。又：五句天象，參以河柳似偏枯，然主意在一『潤』字，正承雨正說下耳。

行至汝墳寄盧徵君

行乏憩余駕，依然見汝墳①。洛川方罷雪，嵩嶂有殘雲。曳曳半空裏，溶溶五色分。聊題一詩興，因寄盧徵君。

簡注：

①汝墳：汝水上的堤防。

寄天台道士

海上求仙客，三山望幾時。焚香宿華頂，裛露採靈芝。屢踐莓苔滑，將尋汗漫期。儻因松子去，長與世人辭。

和張明府登鹿門山

忽示登高作，能寬旅寓情。絃歌既多暇，山水思彌清。草得風先動，虹因雨後成。謬承巴俚和，非敢應同聲。

和張二自穰縣還途中遇雪

風吹沙海雪，來作柳園春。宛轉隨香騎，輕盈伴玉人。歌疑郢中客，態比洛川神。今日南歸楚，雙飛似入秦。

歲除夜會樂城張少府宅

疇昔通家好，相知無間然。續明催畫燭，守歲接長筵。舊曲梅花唱，新正柏酒傳①。客行隨處樂，不見度年年。

簡注：

①梅花，指《橫吹曲辭》之《梅花落》；柏酒，古以柏葉浸酒，於元旦共飲，取長壽之意。

自洛之越

遑遑三十載，書劍兩無成。山水尋吴越，風塵厭洛京。扁舟泛湖海，長揖謝公卿。且樂杯中酒，誰論世上名。

歸至郢中作

遠遊經海嶠，返棹歸山阿。日夕見喬木，鄉園在伐柯①。愁隨江路盡，喜入郢門多。左右看桑土，依然即匪佗②。

簡注：

①喬木，古語有『睹喬木，知舊都』，指故鄉；伐柯，《詩經·豳風·伐柯》云『伐柯伐柯，其則不遠』，言距離家鄉近了。

②桑土，《詩經·小雅·小弁》云『維桑與梓，必恭敬止』，猶言鄉土；匪佗，典出《詩經·小雅·頍弁》『豈伊異人，兄弟匪他』，依然如故之意。

途中遇晴

已失巴陵雨，猶逢蜀坂泥。天開斜景遍，山出晚雲低。餘濕猶沾草，殘流尚入溪。今宵有明月，鄉思遠悽悽。

選評：

《王孟詩評》：劉云：起四句不似著意，好語！好語！清婉蕭閑，略逗錢、劉音調。李曰：通透。

《唐詩別裁》：狀晚霽如畫。

《聞鶴軒初盛唐近體讀本》：蒼幽合作，無一恒筆。起二是前一層，三、四方説向晴，五、六寫初晴景最確，結作預擬之辭，餘波更乃不竭。吴曰：畫不能及（『天開』句下）。

夕次蔡陽館

日暮馬行疾，城荒人住稀。聽歌疑近楚，投館忽如歸。魯堰田疇廣，章陵氣色微。明朝拜嘉慶①，須著老萊衣。

簡注：

①拜嘉慶：《論語陽秋》：唐人與親别而復歸，謂之拜家慶。

他鄉七夕

他鄉逢七夕，旅館益羈愁。不見穿針婦①，空懷故國樓。緒風②初減熱，新月始臨秋。誰忍窺河漢，迢迢問斗牛。

簡注：

①穿針婦：古時七夕之夜，有婦女結五彩綫、穿七孔針的習俗。

②緒風：秋風。

夜泊牛渚趁薛八船不及

星羅牛渚夕，風送鷁舟遲。浦溆常同宿，煙波忽間之。榜歌空裏失，船火望中疑。明發①泛湖海，茫茫何處期。

簡注：

①明發：黎明。

曉入南山

瘴氣曉氛氳，南山没水雲。鯤飛①今始見，鳥墮②舊來聞。地接長沙近，江從泊渚分。賈生曾吊屈，余亦痛斯文。

簡注：

①鯤飛：《莊子·逍遥遊》：『鯤之大，不知其幾千里也，化而爲鳥，其名爲鵬。鵬之背不知其幾千里也，怒而飛，其翼若垂天之雲。』

②鳥墮：《論衡》記載南郡極熱，有人唾鳥，鳥即墜地。用典以指南方之地。

夜渡湘水

客行貪利涉，夜裏渡湘川。露氣聞香杜，歌聲識採蓮。榜人投岸火，漁子宿潭煙。行旅時相問，潯陽何處邊。

選評：

《王孟詩評》：清潤自喜。

《網師園唐詩箋》：寫夜景極清新（『露水』二句下）。

赴命途中逢雪

迢遞秦京道，蒼茫歲暮天。窮陰連晦朔，積雪滿山川。落雁迷沙渚，飢烏噪野田。客愁空佇立，不見有人煙。

選評：

《王孟詩評》：劉云：决不爲小兒語求工者，大方語絶無峻處。

《聞鶴軒初盛唐近體讀本》：三、四高蒼，結亦有致。李白山曰：祇第三寫遇雪，前是未雪時景，後是雪霽時景。凡作詩，須實少，虚處多，方有餘地。淺夫喋喋，徒辭費耳。

宿武陵即事

川暗夕陽盡，孤舟泊岸初。嶺猿相叫嘯，潭影似空虚。就枕滅明燭，扣船聞夜漁。雞鳴問何處，人物是秦餘①。

選評：

①典出陶淵明《桃花源記》：『自云先世避秦時亂，率妻子邑人，來此絶境，不復

出焉，遂與外人間隔。』

選評：

《王孟詩評》：劉云：唱出隨意，自無俗意。以孟高情逸調，客中靜夜，無怪乎屢多佳什也。

《唐詩成法》：自夕陽初泊時寫到雞鳴，皆是景中見情，無一呆筆。蓋燭滅聞漁，則一夜不寐可知，方可緊接『雞鳴』字。

同盧明府餞張郎中除義王府司馬海園作

上國山河裂，賢王邸第開。故人分職去，潘令①寵行來。冠蓋趨梁苑②，江湘失楚材。預愁軒騎動，賓客散池臺。

簡注：

①潘令：潘嶽曾爲河陽令，借指盧象。

②梁苑：漢梁孝王築園，在此招延四方豪傑。

落日望鄉

客行愁落日，鄉思重相催。況在他山外，天寒夕鳥來。雪深迷郢路，雲暗失陽臺。可歎悽遑子，勞歌誰爲媒①。

簡注：

①勞歌，勞者之歌；媒，謀也。

永嘉上浦館逢張八子容

逆旅相逢處，江村日暮時。衆山遥對酒，孤嶼共題詩。廨宇鄰蛟室①，人煙接島夷。鄉關萬餘里，失路一相悲。

簡注：

①廨宇，官舍；鄰蛟室，接近大海。

選評：

《王孟詩評》：劉云：『衆山』『孤嶼』，且不犯時景，句句淘洗欲盡。

《瀛奎律髓》：紀昀評：雍容閑雅，清而不薄，此是盛唐人身分。虚谷但賞五六，是仍以摘句之法求古人。

送張子容赴舉

夕曛山照滅，送客出柴門。惆悵野中別，殷勤醉後言。茂林余偃息，喬木爾飛翻。無使谷風①誚，須令友道存。

簡注：

①谷風：《詩經·小雅·谷風》，言朋友相棄之事，用此言勿因地位懸殊斷絶友情。

送張參明經舉兼向涇州省覲

十五綵衣年，承歡慈母前。孝廉因歲貢，懷橘①向秦川。四座推文舉，中郎許仲宣②。泛舟江上别，誰不仰神仙。

簡注：

①懷橘：《三國志·吴志·陸績傳》載陸績作賓客不忘帶橘子給母親，後世以爲孝親之典。

②文舉、仲宣，分别爲文學家孔融、王粲字。

溯江至武昌

家本洞湖上，歲時歸思催。客心徒欲速，江路苦邅迴。殘凍因風解，新梅度臘開。行看武昌柳，髣髴映樓臺。

選評：

《王孟詩評》：劉云：雖屬入情，語未簡至。

唐城館中早發寄楊使君

犯霜驅曉駕，數里見唐城。旅館歸心逼，荒村客思盈。訪人留後信，策蹇赴前程。欲識離魂斷，長空聽雁聲。

陪李侍御謁聰禪上人

欣逢柏臺舊，共謁聰公禪。石室無人到，繩床見虎眠①。陰崖常抱雪，松澗爲生泉。出處雖云異，同歡在法筵。

簡注：

①石室，泛指神仙所居；繩床，僧人吃飯時跪坐的小床。

和張丞相春朝對雪

迎氣當春立，承恩喜雪來。潤從河漢下，花逼豔陽開。不睹豐年瑞，安知爕理①才。撒鹽如可擬，願糝和羹梅②。

簡注：

①燮理：協調。

②撒鹽：典出《世説新語·言語》，比喻落雪；和羹梅：典出《尚書·説命下》『若作和羹，爾惟鹽梅』，意爲作羹必須鹽梅并用，才能鹹酸適度，比喻政治上配備有能力的人才，君臣協調。

選評：

《瀛奎律髓》：善用事者化死事爲活事。『撒鹽』本非俊語，却引爲宰相和羹糝梅之事則新矣。

《唐詩成法》：前半春朝對雪，後半和丞相，法亦猶人。惟結自用典切甚，又化俗爲雅。『鹽』『梅』既切丞相，切雪，梅又切春朝。切雪、切丞相易，并切春難矣。

五言律詩

送王宣從軍

才有幕中畫，而無塞上勳。漢兵將滅虜，王粲始從軍①。旌旆邊亭去，山川地脈分。平生一匕首，感激贈夫君。

簡注：

①此句借用王粲《從軍詩》五首之『一舉滅獯虜，再舉服羌夷』一句。

送張祥之房陵

我家南渡隱，慣習野人舟。日夕弄清淺，林湍逆上流。山河據形勝，天地生豪酋。君意在利涉，知音期自投。

送桓子之郢成禮

聞君馳彩騎，躞蹀①指南荆。爲結潘楊好②，言過鄢郢城。摽梅詩已贈，羔雁禮將行③。今夜神仙女，應來感夢情。

簡注：

①躞蹀：音懈跌，謂小步行走。

②晉代潘嶽和楊仲武有姻親關係且交好，後世因稱姻親關係爲結潘楊之好。

③《詩經·召南·摽有梅》有句『求我庶士，迨其吉兮』，比喻女子已待字閨中；羔羊禮，《禮記·曲禮下》所載徵聘之禮。

早春潤州送弟還鄉

兄弟遊吴國，庭闈戀楚關。已多新歲感，更餞白眉還。歸泛西江水，離筵北固山。鄉園欲有贈，梅柳著先攀。

送告八從軍

男兒一片氣，何必五車書。好勇方過我，才多便起余。運籌將入幕，養拙就閑居。正待功名遂，從君繼兩疏①。

簡注：

①《漢書·疏廣傳》載疏廣及其侄疏受功成身退的故事。

送元公之鄂渚尋觀主張驂鸞

桃花春水漲，之子忽乘流。峴首辭蛟浦，江邊問鶴樓。贈君青竹杖，送爾白蘋洲。應是神仙輩，相期汗漫遊。

峴山餞房琯崔宗之

貴賤平生隔，軒車是日來。青陽一覯止，雲霧豁然開。祖道衣冠列，分亭驛騎催。方期九日聚，還待二星迴①。

簡注：

①九日聚，古人于九月九日重陽節親友相聚；二星，代指房琯、崔宗之。

送王五昆季省覲

公子戀庭幃，勞歌涉海沂。水乘舟楫去，親望老萊歸。斜日催烏鳥，清江照綵衣。平生急難意，遥仰鶺鴒飛。

送崔遏

片玉來誇楚，治中作主人。江山增潤色，詞賦動陽春。別館當虛敞，離情任吐伸。因聲兩京舊，誰念卧漳濱①。

簡注：

①因聲，寄言；兩京舊，在京城的故人；卧漳濱，借用劉楨《贈五官中郎將》詩句『餘嬰沈痼疾，竄身清漳濱』。

送盧少府使入秦

楚關望秦國，相去千里餘。州縣勤王事，山河轉使車。祖筵江上列，離恨別前書。願及芳年賞，嬌鶯二月初。

送謝録事之越

清旦江天迥，涼風西北吹。白雲向吴會，征帆亦相隨。想到耶溪日，應探禹穴①奇。仙書儻相示，余在北山陲。

簡注：

①禹穴：傳説爲夏禹安葬之地，在今浙江紹興境内。

選評：

《王孟詩評》：李夢陽曰：『白雲向吴會』二句，詩亦如之。

洛下送奚三還揚州

水國無邊際，舟行共使風。羨君從此去，朝夕見鄉中。余亦離家久，南歸恨不同。音書若有問，江上會相逢。

選評：

《王孟詩評》：『水國無邊際』與『木落雁南渡』較『八月湖水平』尤勝，學孟當于此著眼。

《唐詩歸》：鍾云：此與上篇，一篇祇如一句，然易于弱，太白有此法。

送袁十嶺南尋弟

早聞牛渚詠，今見鶺鴒心。羽翼嗟零落，悲鳴別故林。蒼梧白雲遠，煙水洞庭深。萬里獨飛去，南風遲爾音。

永嘉別張子容

舊國余歸楚，新年子北征。掛帆愁海路，分手戀朋情。日夜故園意，汀洲春草生。何時一杯酒，重與李膺傾。

送袁太祝尉豫章

何幸遇休明，觀光來上京。相逢武陵客，獨送豫章行。隨牒牽黃綬，離群會墨卿①。江南佳麗地，山水舊難名。

簡注：

①黄綬，黄色的用來系官印的綬帶；墨卿，典出揚雄《長楊賦序》：『聊因筆墨以成文章，故藉翰林以爲主人，子墨爲客卿以諷』，墨卿亦指代官吏。

都下送辛大之鄂

南國辛居士，言歸舊竹林。未逢調鼎用，徒有濟川心。余亦忘機者，田園在漢陰。因君故鄉去，遥寄式微①吟。

簡注：

①式微：《詩經·邶風·式微》有『式微，式微，胡不歸？』言歸心之切。

選評：

《峴齋說詩》：無字不妥當，此最難到。

送席大

惜爾懷其寶，迷邦倦客遊。江山歷全楚，河洛越成周。道路疲千里，鄉園老一丘①。知君命不偶，同病亦同憂。

簡注：

①一丘：丘壑爲山林深谷，隱士所居，這裏代指隱士。

送賈昇主簿之荆府

奉使推能者，勤王不暫閑。觀風隨按察，乘騎度荆關。送別登何處，開筵舊峴山。征軒明日遠，空望郢門間。

送王大校書

導漾自嶓塚，東流爲漢川。維桑君有意，解纜我開筵。雲雨從兹別，林端意渺然。尺書能不吝，時望鯉魚傳。

浙江西上留别裴劉二少府

西上浙江西，臨流恨解攜。千山疊成嶂，萬水瀉爲溪。石淺流難溯，藤長險易躋。誰憐問津者①，歲晏此中迷。

簡注：

①問津者：津，渡口；問詢渡口的人。

京還留别新豐諸友

吾道昧所適，驅車還向東。主人開舊館，留客醉新豐。樹繞温泉緑，塵遮晚日紅。拂衣從此去，高步躡華嵩。

廣陵别薛八

士有不得志，悽悽吴楚間。廣陵相遇罷，彭蠡泛舟還①。檣出江中樹，波連海上山。風帆明日遠，何處更追攀。

簡注：

①廣陵，今揚州；彭蠡，彭蠡湖，即今江西鄱陽湖。

選評：

《唐詩歸》：鍾云：此等作，正王元美所謂『篇法之妙，不見句法』。譚云：此豈有聲色臭味哉！

《唐詩選脉會通評林》：周敬曰：一起悲語慟人。

《王闓運手批唐詩選》：此一氣呵成，要在不滑。

臨渙裴明府席遇張十一房六

河縣柳林邊，河橋晚泊船。文叨①才子會，官喜故人連。笑語同今夕，輕肥異往年。晨風理歸棹，吴楚各依然。

簡注：

①叨：忝，自謙之詞。

盧明府早秋宴張郎中海園即事得秋字

邑有弦歌宰，翔鸞狎野鷗。眷言華省舊，暫滯海池遊。鬱島藏深竹，前溪對舞樓。更聞書即事，雲物是新秋。

同盧明府早秋夜宴張郎中海亭

側聽弦歌宰，文書游夏①徒。故園欣賞竹，爲邑幸來蘇。華省曾聯事，仙舟復與俱。欲知臨泛久，荷露漸成珠。

簡注：

①游夏：孔門弟子子游、子夏，《論語・公冶長》記載二人擅文學。

崔明府宅夜觀妓

白日既云暮，朱顔亦已酡。畫堂初點燭，金幌半垂羅。長袖平陽曲，新聲《子夜》歌①。從來慣留客，茲夕爲誰多。

簡注：

①平陽曲，漢代平陽公主家多舞者；子夜歌，樂府《吴聲歌曲》名，多寫男女愛情。

宴榮山人池亭

甲地開金穴，榮期樂自多。櫪嘶支遁馬，池養右軍鵝。竹引携琴入，花邀載酒過。山公來取醉，時唱接籬歌①。

簡注：

①接䍠歌：接䍠，本爲頭巾名。典出《世説新語·任誕》，山簡醉後倒著白接䍠，喻其醉態而狂放。

夏日與崔二十一同集衛明府席

言避一時暑，池亭五月開。喜逢金馬客，同飲玉人杯。舞鶴乘軒至，遊魚擁釣來。座中殊未起，簫管莫相催。

清明日宴梅道士房

林卧愁春盡，開軒覽物華。忽逢青鳥使，邀我赤松家。丹竈初開火，仙桃正發花①。童顔若可駐，何惜醉流霞。

簡注：

①丹竈，道士煉丹的爐灶；仙桃，傳説西王母曾以玉盤盛仙桃給漢武帝，以爲有長生之效。

寒食宴張明府宅

瑞雪初盈尺，寒宵始半更。列筵邀酒伴，刻燭限詩成。香炭金爐暖，嬌弦玉指清。醉来方欲卧，不覺曉鷄鳴。

和賈主簿弁九日登峴山

楚萬重陽日，群公賞燕來。共乘休沐暇，同醉菊花杯。逸思高秋發，歡情落景催。國人咸寡和，遥愧洛陽才①。

簡注：

①洛陽才：西漢賈誼有『洛陽才子』之稱。

宴張別駕新齋

世業傳珪組，江城佐股肱。高齋徵學問，虛薄濫先登。講論陪諸子，

文章得舊朋。士元多賞激，衰病恨無能。

李氏園卧疾

我愛陶家趣，林園無俗情。春雷百卉坼，寒食四鄰清。伏枕嗟公幹，

歸田羨子平。年年白社客，空滯洛陽城。

選評：

《王孟詩評》：劉云：寒食慘淡，更念四鄰。

《王闓運手批唐詩選》：亦苦煉句（『春雷』二句下）。

過故人莊

故人具雞黍，邀我至田家。緑樹村邊合，青山郭外斜。開筵面場圃，把酒話桑麻。待到重陽日，還來就菊花。

選評：

《王孟詩評》：劉云：每以自在相凌厲者，極是。

《瀛奎律髓》：此詩句句自然，無刻划之迹。

《唐詩摘抄》：全首俱以信口道出，筆尖幾不著點墨。淺之至而深，淡之至而濃，老之至而媚。火候至此，并烹煉之迹俱化矣。王、孟并稱，意嘗不滿于孟。若作此，吾何間然？　結句係孟對故人語，覺一片真率款曲之意溢於言外。

《唐詩成法》：以古爲律，得閑適之意，使靖節爲近體，想亦不過如此而已。

《唐詩别裁》：通體清妙。末句就字作意，而歸于自然。

《唐詩近體》：通體樸實，而語意清妙。

途中九日懷襄陽

去國似如昨，倏然經杪秋。峴山不可見，風景令人愁。誰採籬下菊，應閑池上樓。宜城多美酒，歸與葛强遊。

選評：

《彙編唐詩十集》：唐云：語不求整，風韻自超。後四句覺勝。

《王闓運手批唐詩選》：此王孟創派，無中生有。

初出關旅亭夜坐懷王大校書

向夕槐煙起，葱蘢池館曛。客中無偶坐，關外惜離群。燭至螢光滅，荷枯雨滴聞。永懷蓬閣友，寂寞滯揚雲。

選評：

《彙編唐詩十集》：唐云：孟詩之整飭者。

《唐賢三昧集箋注》：頸聯楚楚有緻，已開宋人之境。

李少府與王九再來

弱歲早登龍，今朝喜再逢。何如春月柳，猶憶歲寒松。煙火臨寒食，笙歌達曙鐘。喧喧鬥雞道，行樂羨朋從。

尋張五回夜園作

聞就龐公隱，移居近洞湖。興來林是竹，歸卧谷名愚。掛席樵風便，開軒琴月孤。歲寒何用賞，霜落故園蕪。

張七及辛大見尋南亭醉作

山公能飲酒，居士好彈箏。世外交初得，林中契已并。納涼風颯至，逃暑日將傾。便就南亭裏，餘樽惜解酲。

題張野人園廬

與君園廬並，微尚頗亦同。耕釣方自逸，壺觴趣不空。門無俗士駕，人有上皇風①。何必先賢傳，唯稱龐德公。

簡注：

①上皇風：伏羲爲三皇之最先者，故稱上皇。古人以爲其時世風醇厚。借此表達思古之心。

過景空寺故融公蘭若

池上青蓮宇①，林間白馬泉。故人成異物，過客獨潸然。既禮新松塔，還尋舊石筵。平生竹如意，猶掛草堂前。

簡注：

①青蓮宇：青蓮往往指代佛教，即佛寺建築。

早寒江上有懷

木落雁南度，北風江上寒。我家襄水曲，遥隔楚雲端。鄉淚客中盡，歸帆天際看。迷津欲有問，平海夕漫漫。

選評：

《唐賢三昧集箋注》：客懷淒然，何等起手！

《唐詩别裁》：起手須得此高致（『木落』句下）。

《聞鶴軒初盛唐近體讀本》：陳德公先生曰：逸筆故饒爽韻，前四純以神勝，是此家絶唱，詣不必遜他人人工也。三、四正乃悠然神往，後半彌作生態，結語緊接五、六，亦復隱承三、四。

《唐宋詩舉要》：純是思歸之神，所謂超以象外也。

南山下與老圃期種瓜

樵木南山近，林閭北郭賒。先人留素業，老圃作鄰家。不種千株橘，唯資五色瓜①。邵平能就我，開徑剪蓬麻。

簡注：

①五色瓜：又稱東陵瓜，據《史記·蕭相國世家》，爲東陵侯召平所種而得名。

裴司士員司户見尋

府寮能枉駕，家醞復新開。落日池上酌，清風松下來。厨人具雞黍，稚子摘楊梅。誰道山公醉，猶能騎馬迴。

選評：

《王孟詩評》：劉云：大巧若拙。或謂『楊梅』假對，謬論。

《唐詩分類繩尺》：作詩亦當有野意，全集中無此，不足以破其巧冶之氣，非粗也。

《網師園唐詩箋》：倏然（『清風』句下）。

除夜

迢遞三巴路，羈危萬里身。亂山殘雪夜，孤燭異鄉人。漸與骨肉遠，轉於僮僕親。那堪正漂泊，來日歲華新。

傷峴山雲表觀主

少小學書劍，秦吴多歲年。歸來一登眺，陵谷尚依然。豈意餐霞客，忽隨朝露先。因之問閭里①，把臂②幾人全？

簡注：

①閭里：古制以五家爲閭，二十五家爲里，後世合稱泛指鄉里。

②把臂：以手握臂，親切之意，代指交好之人。

賦得盈盈樓上女

夫婿久別離，青樓①空望歸。妝成捲簾坐，愁思懶縫衣。燕子家家入，楊花處處飛。空牀難獨守，誰爲解金徽②。

簡注：

①青樓：古代泛指女子居處。

②金徽：彈琴撫抑之處曰徽，飾以金玉，故曰金徽。此處指琴音。

春怨

佳人能畫眉，妝罷出簾帷。照水空自愛，折花將遺誰？春情多豔逸，春意倍相思。愁心極楊柳，一種亂如絲。

選評：

《王孟詩評》：矜麗婉約。

《唐賢清雅集》：前半見品，後半言情，此真天仙化人。若王龍標『閨中少婦』，不免帶脂粉氣。作托興詩須學此種。

閨情

一別隔炎涼，君衣忘短長。裁縫無處等，以意忖情量。畏瘦宜傷窄，防寒更厚裝。半啼封裹了，知欲寄誰將？

寒夜

閨夕綺窗閉，佳人罷縫衣。理琴開寶匣，就枕臥重幃。夜久燈花落，薰籠①香氣微。錦衾重自暖，遮莫②曉霜飛。

簡注：

①薰籠：薰衣器具，亦稱篝，或稱牆居。

②遮莫：儘教、任憑之意。

美人分香

豔色本傾城，分香更有情。髻鬟垂欲解，眉黛拂能輕。舞學平陽態，歌翻子夜聲。春風狹斜道①，含笑待逢迎。

簡注：

①狹斜道：狹窄小巷。後世常用作娼女歌姬居處。

七言律詩

登安陽城樓

縣城南面漢江流，江嶂開成南雍州。才子乘春來騁望，群公暇日坐銷憂。樓臺晚映青山郭，羅綺晴嬌緑水洲。向夕波摇明月動，更疑神女弄珠遊。

選評：

《王孟詩評》：劉云：老成素淨，但『江』『嶂』『山』『水』『晚』『夕』『珠』『綺』，不免疊意。

《唐詩評選》：輕俊，幸不涼儉。

《唐詩餘編》：先敘事後寫景，得悠遠不盡之妙。

《唐詩箋要》：結句之妙，與崔司勛『日暮鄉關』、李翰林『欲棲珠樹』鼎足而三。

除夜有懷

五更鐘漏欲相催，四氣推遷往復迴。帳裏殘燈才有焰，爐中香氣盡成灰。漸看春逼芙蓉枕，頓覺寒消竹葉杯。守歲家家應未卧，相思那得夢魂來。

選評：

《載酒園詩話又編·孟浩然》：《除夜有懷》曰：『漸看春逼芙蓉枕，頓覺寒消竹葉杯。守歲家家應未卧，相思那得夢魂來。』雖悽惋入情，却竟是中晚唐態度矣。

登萬歲樓

萬歲樓頭望故鄉，獨令鄉思更茫茫。天寒雁度堪垂淚，月落猿啼欲斷腸。曲引古堤臨凍浦，斜分遠岸近枯楊。今朝偶見同袍友①，却喜家書寄八行②。

簡注：

①同袍友：《詩經·秦風·無衣》有句『豈曰無衣，與子同袍』，指與兄弟同窗，甘苦與共。

②八行：即八行箋，指代書信。

春情

青樓曉日珠簾映，紅粉春妝寶鏡催。已厭交歡憐枕席，相將遊戲繞池臺。坐時衣帶縈纖草，行即裙裾掃落梅。更道明朝不當作，相期共鬥管弦來。

選評：

《王孟詩評》：五、六皆裝點趣事，然下句尤妙。

《唐七律選》：似拙塞而實通雋，何許骨格（「相將遊戲」句下）。

《山滿樓箋注唐詩七言律》：春情者，閨人春日之情也，艷而不俚，乃爲上乘。他人寫情，必寫其晏眠不起，而此偏寫其早起；他人寫情，必寫其憐枕席，而此偏寫其厭交歡，落想已高人數等。而尤妙在從朝至暮，曲曲折折寫其初起，寫其妝成，寫其遊戲，既寫其坐，復寫其行，五十六字中便已得幾幅美人圖，真能事也。

五言絶句

宿建德江

移舟泊煙渚，日暮客愁新。野曠天低樹，江清月近人。

選評：

《鶴林玉露》：孟浩然詩云『江清月近人』，杜陵云『江月去人祇數尺』，子美視浩然爲前輩，豈祖述而敷衍之耶？浩然之句渾涵，子美之句精工。

《批點唐詩正聲》：語少意遠，清思痛入骨髓。

《唐詩箋要》：襄陽最多率素語，如此絶又雜以莊重，似齊梁儷體。

《唐人絶句精華》：詩家有情在景中之説，此詩是也。

春曉

春眠不覺曉，處處聞啼鳥。夜來風雨聲，花落知多少。

選評：

《王孟詩評》：劉云：風流閑美，正不在多。以詩近詞，太以纖麗故。

《唐詩歸》：鍾云：通是猜境，妙！妙！

《唐詩解》：昔人謂詩如參禪，如此等語，非妙悟者不能道。

《唐詩箋要》：朦朧臆想，構此幻境。『落多少』可以不説，又不容不説，誠非妙悟，不能有此。

《唐詩箋注》：詩到自然，無迹可尋。『花落』句含幾許惜春意。

《歷代詩評注讀本》：描寫春曉，而含有一種惋惜之意，惜落花乎？惜韶光耳。

送朱大入秦

遊人五陵去，寶劍直千金。分手脫相贈，平生一片心。

選評：

《批點唐詩正聲》：氣俠情真，不愧兒女子志。

《唐詩箋注》：不過任俠意，寫得有神。

《詩境淺說》：襄陽詩皆沖和淡逸之音，此詩獨有抑塞磊落之氣。

送友人之京

君登青雲去，余望青山歸。雲山從此別，淚濕薜蘿衣。

選評：

《王孟詩評》：劉云：甚不多語，神情悄然，然比之蘇州特怨甚。

《批點唐詩正聲》：野人餞別，正合此語，少益便非孟浩然。

初下浙江舟中口號

八月觀潮罷，三江越海潯。回瞻魏闕①路，無復子牟心。

簡注：

①魏闕：本爲宫門懸掛法令之所，代指帝王宫殿。

醉後贈馬四

四海重然諾，吾常聞白眉。秦城遊俠客，想得半酣時。

檀溪尋故人

花半成龍竹①，池分躍馬溪。田園人不見，疑向洞中棲。

簡注：

①成龍竹：《太平广记》引《神仙傳》，壺公使竹杖化而爲龍。

同張將薊門看燈

異俗非鄉俗，新年改故年。薊門看火樹，疑是燭龍①然。

簡注：

①燭龍：傳説中的神，閉眼爲夜，睜眼爲晝。

登峴山亭寄晉陵張少府

峴首風湍急，雲帆若鳥飛。憑軒試一問，張翰欲來歸①？

簡注：

①張翰，晉吴郡人，時局混亂，爲避禍，託辭秋風起思念故鄉風物而歸。借此喻辭官還鄉之意。

贈王九

日暮田家遠，山中勿久淹。歸人須早去，稚子望陶潛。

同儲十二洛陽道中作

珠彈繁華子①，金羈遊俠人。酒酣白日暮，走馬入紅塵。

簡注：

①繁華子：比喻盛年貌美之人。《文選》阮籍《詠懷詩》有『昔日繁華子，安陵與龍陽』句。

尋菊花潭主人不遇

行至菊花潭，村西日已斜。主人登高去，雞犬空在家。

選評：

《緄齋談詩》：若無好處，祇是空淡入妙。

張郎中梅園作

綺席鋪蘭杜，珠盤忻芰荷。故園留不住，應是戀弦歌。

問舟子

向夕問舟子，前程復幾多。灣頭正好泊，淮裏足風波。

揚子津望京口

北固臨京口，夷山①近海濱。江風白浪起，愁殺渡頭人。

簡注：

①夷山：焦山餘脈，在鎮江（古稱京口）。

北澗浮舟

北澗流恒滿，浮舟觸處通。沿洄自有趣，何必五湖中。

選評：

《王孟詩評》：劉云：結尤屬收拾。

洛中訪袁拾遺不遇

洛陽訪才子，江嶺作流人。聞説梅花早，何如北地春。

選評：

《王孟詩評》：劉云：便不著字，亦自深怨。

送張郎中還京

碧溪常共賞，朱邸①忽遷榮。預有相思意，聞君琴上聲。

簡注：

①朱邸：漢代諸侯王以朱紅漆門，以此指代諸侯王。

戲贈主人

客醉眠未起，主人呼解酲。已言雞黍熟，復道甕頭清①。

簡注：

①甕頭清：酒新熟。

選評：

《綗齋詩談》：『甕頭清』本俗語，唐人用之，不礙高雅。

七言絶句

過融上人蘭若

山頭禪室掛僧衣，窗外無人溪鳥飛。黄昏半在下山路，却聽泉聲戀翠微①。

簡注：

①翠微：即青山。

涼州詞二首

渾成紫檀金屑文，作得琵琶聲入雲。胡地迢迢三萬里，那堪馬上送明君。

異方之樂令人悲，羌笛胡笳不用吹。坐看今夜關山月，思殺邊城遊俠兒。

越中送張少府歸秦中

試登秦嶺望秦川，遥憶青門春可憐。仲月送君從此去，瓜時須及邵平田。

濟江問舟人

潮落江平未有風，輕舟共濟與君同。時時引領望天末，何處青山是越中。

選評：

《歷代詩發》：二詩（按：指此詩與《送杜十四之江南》）俱在人意中，却祇如面談，人不能及。

《詩式》：首句言潮落故江平，尚未有風，則可以濟矣，就『江』字起。二句言與舟子共濟，『君』指舟子也，就舟子承。三句就『濟』字轉，心中想越，故引領而望；『時時』見望之勤，『天末』見望之遠。四句言江上青山無數，未知越山在于何處，因指青山以問舟子也。『青山』二字冠以『何處』二字，『越中』二字冠以『是』字，做題中『問』字不著痕跡，但寫出神理。『望天』二字平仄倒，『望』字救，『天』字拗。

送杜十四之江南

荆吴相接水爲鄉，君去春江正渺茫。日暮征帆泊何處，天涯一望斷人腸。

選評：

《批點唐詩正聲》：近歌行體，無一點塵穢。

《唐詩直解》：明淨無一點塵氛，不勝歧路之泣。

《批唐賢三昧集》：似淺近而有餘味者，以運氣渾洽，寫景清切故也。此辨甚微。

輯補

詠青

霧闢天光遠，春迴日道臨。草濃河畔色，槐結路旁陰。欲映君王史，先標胄子襟。經明如可拾，自有致雲心。

初秋

不覺初秋夜漸長，清風習習重凄涼。炎炎暑退茅齋靜，階下叢莎有露光。

長樂宮

秦城舊來稱窈窕，漢家更衣應不少。紅粉邀君在何處，青樓苦夜長難曉。長樂宮中鐘暗來，可憐歌舞慣相催。歡娱此事今寂寞，唯有年年陵樹哀。

渡揚子江

桂楫中流望，京江兩畔明。林開揚子驛，山出潤州城。海盡邊陰靜，江寒朔吹生。更聞楓葉下，淅瀝度秋聲。

清明即事

帝裏重清明，人心自愁思。車聲上路合，柳色東城翠。花落草齊生，鶯飛蝶雙戲。空堂坐相憶，酌茗聊代醉。

尋裴處士

涉水更登陸，所向皆清貞。寒草不藏徑，靈峰知有人。悠哉煉金客，獨與煙霞親。曾是欲輕舉，誰言空隱淪。遠心寄白月，一作日。華髮回青春。對此欽勝事，胡爲勞我身。

句

微雲淡河漢，疏雨滴梧桐。

逐逐懷良馭，蕭蕭顧樂鳴。

附録

新唐書·孟浩然傳

孟浩然字浩然，襄州襄陽人。少好節義，喜振人患難，隱鹿門山。年四十，乃遊京師。嘗於太學賦詩，一座嗟伏，無敢抗。張九齡、王維雅稱道之。維私邀入内署，俄而玄宗至，浩然匿床下，維以實對，帝喜曰：『朕聞其人而未見也，何懼而匿？』詔浩然出。帝問其詩，浩然再拜，自誦所爲，至『不才明主棄』之句，帝曰：『卿不求仕，而朕未嘗棄卿，奈何誣我？』因放還。採訪使韓朝宗約浩然偕至京師，欲薦諸朝。會故人至，劇飲歡甚。或曰：『君與韓公有期。』浩然叱曰：『業已飲，遑恤他！』卒不赴。朝宗怒，辭行，浩然不悔也。張九齡爲荊州，辟置于府，府罷。開元末，病疽背卒。

後樊澤爲節度使，時浩然墓庳壞，符載以箋叩澤曰：『故處士孟浩然，文質傑美，殞落歲久，門裔陵遲，丘隴頹没，永懷若人，行路慨然。前公欲更築大墓，闔州搢紳，聞風竦動。而今外迫軍旅，内勞賓客，牽耗歲時，或有未遑。誠令好事者乘而有之，負公夙志矣。』澤乃更爲刻碑鳳林山南，封寵其墓。

初，王維過郢州，畫浩然像於刺史亭，因曰浩然亭。咸通中，刺史鄭諴謂賢者名不可斥，更署曰孟亭。

開元、天寶間，同知名者王昌齡、崔顥，皆位不顯。（新唐書卷二百三·文藝下）

四庫全書孟浩然集四卷（江蘇蔣曾瑩家藏本）提要

唐孟浩然撰。浩然事蹟具《新唐書·文藝傳》。前有天寶四載宜城王士源序，又有天寶九載韋滔序。士源序稱浩然卒於開元二十八年，年五十有二，凡所屬綴，就輒毁棄，無復編録，鄉里購采不有其半，敷求四方往往而獲。今集其詩二百一十七首，分爲四卷，此本四卷之數雖與序合、而詩乃二百六十三首，較原本多四十五首。洪邁《容齋隨筆》嘗疑其《示孟郊詩》時代不能相及，今考《長安早春》一首，《文苑英華》作張子容，而《同張將軍薊門看燈》一首，亦非浩然遊蹟之所及，則後人竄入者多矣。士源序又稱詩或缺逸未成，而製思清美，及他人酬贈，咸次而不棄，而此本無不完之篇，亦無唱和之作，其非原本，尤有明徵。『排律』之名，始於楊宏《唐音》，古無此稱，此本乃標『排律』爲一體，其中《田家元日》一首、《晚泊潯陽望香爐峯》一首、《萬山潭》一首、《渭南園即事貽皎上人》一首，皆五言近體。而編入古詩《臨洞庭詩》，舊本題下有『獻張相公』四字，見方回《瀛奎律髓》，此本亦無之，顯然爲明代重刻，有所移改。至序中『丞相範陽張九齡等與浩然爲忘形之交』語，考《唐書》，張説嘗謫嶽州司馬，集中稱張相公、張丞相者凡五首，皆爲説作，若九齡則籍隷嶺南，以『曲江』著號，安得署曰『範陽』？亦明人以意妄改也。以今世所行別無他本，姑仍其舊録之，而附訂其舛互如右。

孟浩然詩一卷提要

鼂氏曰：唐孟浩然也，襄陽人，工五言詩，隱鹿門山。年四十乃遊京師。一日，諸名士集祕省聯句，浩然句曰『微雲淡河漢，疎雨滴梧桐』，衆皆欽伏。張九齡、王維雅稱道之，維私邀入禁林，遇元宗臨幸，浩然匿床下。維以聞，上曰：『素聞其人』，因召見，命自誦所爲詩，至『不才明主棄』之句，上曰『不求進而誣朕棄人命』，放歸。所著詩二百一十首，宜城處士王士源序次爲三卷，今並爲一，又有天寶中韋紹序。（四庫全書·史部·政書類·通制之屬·文獻通考卷二百三十一）